九十歳

わたしの暮らしかた

曽野綾子

興陽館

はじめに
――人生の最後は、こんなふうに過ごす

まだ体がだるい。だるいというのは疲れとも痛みとも違う。単純に地球の重力に従って寝ていれば何も辛くなく、その力に逆らって立ち上がろうとすると、体も心も「だるい！」と感じる。それで私はすぐ心の中の声に従って寝に行き、絶望感も向上心も反抗心も失って、幸せな気分になる。最低、連載分だけを書き、後は読書とテレビ。月曜日だけ小林先生が往診してくださって、看護師さんが血圧を計り、ビタミンの注射を受ける。まだ人生で一度も高血圧になったことはない。しかし私は食物の量が少ないので、ビタミンも不足がちになるかもしれない。

最近私は、あることを発見した。塩を摂《と》ってはいけない病気がある。しかし私は辛いものが好きだから、きっと腎臓病になっても塩分を控えるということ

はしない。煮物の味つけはしっかりと辛くするだろう。まずいものを食べてまで長生きしなければならない、とも思わない。そういう場合、量をたくさん食べなければいいのだ。

ヒマ人はこんな無駄なことを考えて日々を過ごしている。私はまだ腎臓病にもなったことがないのだ。マッサージ師のKさんが、「八十年以上働いてきたんだから、疲れて当然なのよ」と言ってくれる度に、私は「八十年じゃなくて六十年以上よ。大学出た二十二歳までは遊んで暮らしてきたから」と、どうでもいいようなことを訂正している。

しかし、二十三歳からは、一年の休みもなく働いてきた。病気もせずに、である。よく農村の名物小母《おば》さんに、「お産の時だって一日も寝なかった」という人がいる。私はそれに近い働き方をしてきた。私は家中のことに心配りをしなければならなかった。家の修理、銀行の事務、対外的な人間関係、三人の老親の生活をみること、もちろん息子のこと（あまり手はかからなかったが）。

仕事は一時期財団への勤務と著述業の二本立て。自分の道楽としての旅行はサハラなどの僻地へも行ったので、けっこう手もかかった。その間どこで手を抜いたかと言うと、いわゆる夫の生活上の面倒をみることと、神との対話の時間（祈り）を削ったような気がする。しかし夫は「自分のことは自分でする」人だったし、神は寛大な方だったので、私はまだ見放されてはいないような気がしている。

しかし体力的には、ひどく衰えたのを感じる。三月二十三日、他の知人たちと、東京外環道路の東名ジャンクションの見学をしている時に、階段を昇り降りしていたら視界が暗くなってきた。多分低血圧のせいだと思う。地表に上った途端、あたりの視界が乱れた。立っていられなくなってしゃがみ込みながら、「これで私は取材で現場へ行くのは止めにしよう」と思っていた。

人間はあらゆることに、最後があるのだ。だから最終回を大切に決めて迎えねばならない。

『私日記11 いいも悪いも、すべて自分のせい』海竜社

九十歳　目次

第一章　九十歳近くになって

第二章　九十歳までのわたし

第三章　ひとり暮らしになってから

第四章　暮らし　食べ物、お金、のこと

第五章

病気とどうつきあうか

第六章　もうすぐ死ぬこと

第一章

九十歳
近くになって

死のまえに何をすべきか

人生を終えるのも、もう後ほんの少しとなって来ると、誰でも考えることかもしれないが、自分の一生は果たしてこれで良かったのだろうか、という疑いが、時々心に浮かぶようだ。

そんな迷いなど、若い時は口にするのも恥ずかしくて友だちにも言わなかったものだが、さすがに残り時間も僅かになってくると、そんなことを気にしてもいられなくなるのだろう。

とにかく後数年で死ぬ前に、一応答えを出しておかねばならないのだ。いろいろ考えて、たいていの人が、どうやら自分を納得させるだけの答えらしいものを見つけ出す。どうやって納得するかというと、つまり謙虚になるのである。自分が操作可能な程度の頭や体力だったら、つまりはこの程度の働きをするのがやっとだった。自分はそれに従ったのであって、その意味で言えば、オリンピック選手が世界新記録を立てて引退したようなものだ、と思いかけるのである。

　しかし無駄な比較というものも、簡単には払拭できない。誰それさんのご主人の履歴は、世間的に見ても立派だった。県知事になられた。一時は〇〇大学の学長さんも務めた。会社の社長だったこともある、などと無責任な嫉妬まじりの噂も広まる。

　その結果、つまり簡単に言うと、自分の一生は取るに足らないものだった、という無力感に捉えられる人は、昔からいたのである。

　昔の日本の男には、今のようにいわゆる社会的な出世をしなくても、戦争の時、前線で戦功を立てるという可能性があった。「爆弾三勇士」は、一九三二年の上海事変の時、廟行鎮《びょうこうちん》の戦闘で、三人の工兵隊一等兵が敵の鉄条網爆破のために、大きな爆弾の筒を抱えて突っ込んだという逸話である。

　この話は本来は、爆破後に帰投するはずだったが失敗して爆死したのだという。しかし軍部は、これを計画的な覚悟の攻撃であるとし、その後当時の日本のマスコミが、「悲壮忠烈の極」などと積極的にキャンペーンを繰り返した結果、軍事美談となったと記録されているが、当時子供だった私でさえよく記憶している有名な話であった。

今の社会にも簡単に他人に知られる「出世」はあるのだろう。代議士に立って当選するとか、科学的な業績においてノーベル賞を受けるとかすれば、国民の総てに知られることになる。

しかし大会社の社長になるだけでは、「知る人ぞ知る」程度で終わることは多い。その会社の研究部門にいる人が、後々人々のためになる製品を作り出してくれても、多くの国民はその事実を知らないまま、製品に僅かなお金を払うだけで恩恵を受けられる。

しかし考えてみると、どんな生活でも、刻々、その人がすべき事はあるので、その行為がさまざまな人の命や安全や幸福を支えている。私たちに食料を供給したり、輸送に係わったりしてくれる人が、私たちの平凡な大切な日常生活の安心の元なのである。

この頃私は、今、この瞬間に自分が何をすべきか、神の（天の）命令があると思うようになった。別に天から声が聞えるというような大したことではない。ただ、今日は誰それさんが見えるから、私が頂いていたすばらしいお魚の干物のうちの数枚を分けよう、とか、飼っている二匹の猫には夜も充分水が飲めるようにしておいてやらねば、という程度のことである。

嵐が近づけば、私は戸締りを確認し、植木鉢が落ちて割れないようにする。つまらないことだが、やはりそれは安全のために仕方なくすることなのだ。

こういう感じ方は、別に何かに責任のある人の重責というわけではない。今、この瞬間、自分が守るべき命の総てに対して責を負っているのである。

『新潮45』新潮社　２０１８年９月号

わたしは、これまで通り暮らすだけ

一つ屋根の下で近しい人と食事をともにしながら、ユーモアを忘れずに日々を送る。それが、私の日常です。

人間の本質を見つめると、なにやらおかしみがある。何かの折に100円余計に出してしまったことを思い出して1日じゅう悔しがっている自分が滑稽で、自分のことを「ケチよねぇ」と笑います。でも、ケチな自分を恥ずかしいとも思わない。人間、誰でもそういう一面があると思うからです。

感染症が流行ったからといって、何か本質的なことが変わるとも思いません。私はこれまで通り、食べて、笑って、語り合って過ごすだけです。

最近は人と接することを躊躇した結果、孤独感を深めている方も多いそうですね。

孤立して鬱々とするくらいなら、感染防止に注意したうえで、友だちと会って笑って過ごせばいいのに。あるいは「友だちや家族を守るために、家には誰も呼ばないし、人とも会いません」とハッキリ信念を持っているのなら、そうすればいい。

世の中は、正しいか、正しくないか、わからないことだらけです。昨日正しかったことは、明日には正しくないとされる可能性もあります。

だったら、「自分はそれを好きかどうか」「やりたいかどうか」を基準に、シンプルに物事を考えてみてはどうでしょうか。それが、自分を楽にする何よりの方法だと思います。

『婦人公論』中央公論新社　２０２０年10月13日号

この年になって思うこと

最近私は次回のエッセイを、こんな風に書き始めようと考えていたことがあった。何のテーマで、どこの雑誌に書くとも決めていない、いわば架空のエッセイである。

「私は東京の典型的な中産階級の家に生まれた。家族は律儀な性格の人たちばかり揃っていて、家の中には曖昧な人間関係や、物の存在はなかった」つまりお金でも物でも、人間関係でも心理でも、すべて説明のつくものばかり、ということである。不明確な部分がない、という点では市民としてまともな暮しだが、心惹かれる神秘的な部分はない。

キリスト教では、自殺は大きな罪とされている。対象が他人であっても自分であっても、殺すという行為は、大罪である、と考えるのだ。

そのような次第で、私は問題のある家庭に育ち、私自身の境遇上でもごく若い時から穏やかな生活をしたことがなかった。十代から、「死んだ方が楽だ」と何度思ったか知れない。それでも「自殺は大罪」とするカトリックの戒めがブレーキになったし、自殺はどう考えても、私のような平凡な生活者には似つかわしくない大ドラマであった。だから私は「恥ずかしくて」止めたのである。

死んで楽になることを求めて、現世に生きている自分を殺したために、魂が永遠に罰せられるのはたまらない、と計算しても、自殺はやはり割りに合わなかった。そのうちに、人間は一生涯、適当に苦しんで生きて普通なのかな、と考えるようになったのだ。ただ、苦しんでいる人を見たらほんの少し楽になるように手を差し延べるのが、「人間的」というものだろう。

もう一生が間もなく終る、というこの年になっても、それ以上のいい考えは浮ばない。

人間は生きていてこそ人間なのだから、その素朴な原則の通りに生き抜いて、少しの進歩もなく一生を終えるのだって、又人間的なのである。

『波』新潮社　2019年5月号

わたしにとって今大切なのは

雪は或る時から、直助を出し抜いて、こっそり夜更けに私の寝室へやって来ると、突然ベッドに跳び上がって私の頬の傍《かたわ》らで寝るようになった。ヒゲで私の顔を触り、少し抱くようにしてやったら、そのまま朝まで私の枕の端で眠った。私は雪の温かさを抱いたのだし、雪はまだ幼い時に母から離された記憶を辿《たど》ったのだろう。

私の実母は、生きていた時、異常なまでに潔癖な性格だった。外出するときには、いつでも消毒用のアルコール綿を持ち歩いていて、何か食べる前には必ず子供の私の手を消毒した。それに対して、私は動物的な本能があった。まだ幼い時から、母の暮らし方は異常なことに気付いていたのである。成長するにつれ、母に反抗する機会も増えたので、私は母の眼の届かないところで造反した。私は不潔を承知で行動するようになった。

時代も私に味方した。やがて日本は大東亜戦争に突入して、敗戦への道を転がり始めた。そんな時に、母の望むような、完璧な「無菌」的な暮らしなどできるわけはなかった。私は何でも食べ、空襲の夜など、平気で土の上で眠った。母にとって地面はバイ菌の巣であったが、私はそのような神経と闘った。それでも長い年月の間に、私には土を不潔な場所として敵視していた子供時代を詫びるような思いもあったので、後年、畑作りをするようになったのである。

雪はかわいくても、その存在が無菌であるわけはない。それを承知で、私は雪と寝るようになったのである。明け方、雪は突然私のベッドからたちあがり、向きを変える時、その太い見事な尻尾で私の口のあたりを撫でることもあった。あまりにも太くてふさふさした毛並みの尻尾なので、冗談に、その部分だけ切って、孫がお正月に着物を着る時、襟巻きにしたいと言った人がいたくらい見事な尻尾である。

しかしもし母が生きていたら、猫の尻尾が私の口に入ったと言っただけで、私は即座に洗面所に連れて行かれ、何度も消毒のためのうがいをさせられただろうと思う。しかし私はその時、口を濯《すす》ごうともしなかった。

自分が愛しているものなら無菌だとか、病気にはならない、と信じているわけでもない。しかし私はもう健康など気にしなくてもいい年になっていた。後何十年生きるわけでもない。

私にとって大切なのは、今日、只今、温かい体温をもっている「生き物」が傍にいる、という感覚だった。夫は死んで、その存在は視界から消えた。彼の考え方、生き方は、私の中に根付いている。しかし私が今必要なのは、「生き物」の体温と感覚だった。

『WiLL』ワック2018年4月号

コロナ禍にあっても人生は変わらない

私は常々、人間の生涯というものは、ひとりひとりに贈られた特別なものであると思っているんです。

それはめいめいに与えられた義務でもあって、コロナ禍にあろうと、そこで、変わる事はないです。

人生がつまらないとか、ひとりが寂しいとか言っているのは目的がないから。不平を言っているなら、どんなに小さなことでも、今日はこれをしようと目的を持って行動することだと思います。


『家庭画報』世界文化社　2021年1月号

寿命ももうあまり長くないから

しかも最大の取り柄は、私の人生における持ち時間（つまり寿命）がもうあまり長くないということだった。だから、よくても悪くても、深く喜ぶ必要も嘆くこともない。今日がほどほどにいい日なら、それでいいのである。

この先、生きる日々が長い人（つまり若い人）なら、体を治すことに全力を挙げる方がいいだろう。しかし人生半ば、あるいは三分の二は過ぎたという人なら、もうあとの人生は惰性で生きてもいい。

若い時、私たち夫婦は、一緒に海外旅行をするのを避けていた。事故で私たちが死ぬと、幼い息子は、どういう人の庇護《ひご》の下に、どんな経済状態で生きることになるのか、目安がつかなかったからである。

子供がまだ小学生の頃までは、夫か私かどちらかが家に残るようにしていた。そのうちに息子が一人でもどうやら生きていける年齢になったと思われると、私たちはまた夫婦で旅に出た。その頃が私たちがもっとも自由を感じ、楽しい時期だった。

人生は時のリレー競走である。私たちはいずれは死ぬのだが、その時々で、人間として果たすべき役目がある。私たち夫婦の場合、それは最初は子供、それから私たち夫婦が背負うべき三人の老世代（夫の両親と私の実母）の老後を看取ることだった。

私たちは彼らと一緒に住み、孝養を尽くしたわけではないが、日々を一緒に過ごした。それはしかし、どんなにいいことだったか、今になって私はよくわかる。

平凡な日々を共に生きて単純な会話を交わし、日々の「ご飯を一緒に食べる」ことが、実は人を生かす基本的な条件なのである。こんな単純なことを何とかできる状況にいても、現実には共に暮らしていない家族が実はたくさんある。

人を生かすということは、物質的な条件を満たし、日々の生活実態を整えることだけではない。人には共に暮らす相手がいることが必要だ、と私は思っている。もちろん、それは別に血の繋がった家族でなくてもいいのだが。

『人間にとって病いとは何か』幻冬舎

他人の悪口を言ってはいけない三つの理由

他人の家、よその町、外国などのことをあまりあからさまに悪く言ってはいけない、という一種の慎みは小さい時に教えられたが、胸に刺さる戒めだった。

第一の理由は他人の悪口など言っていて、ふと自分を振り返ると、同じような悪癖を持っていることが往々にしてあるからである。

もともと誰もがよく似たような暮らし方をし、似たような問題を起こし、同じようなやり方でそれを切り抜けているだろう、と見えても、やはり同じようなまずい解決策しか講じていない現実を知るとおかしくなったり悲しくなったりすることはよくある。美徳は人によって大きく違うが、悪癖や愚行はどれもよく似ている、と言った人もいる。だから人間はお互いに通じ合えるのだ。

第二の理由は「そうなっている」背後には、それぞれ事情があるからである。その事情は、数分間の説明や数時間のつき合いや、履歴書でわかるわけがなく、人間は、常に「他者の生活はわかりにくい」という基本的な恐れを抱いているべきなのだ。しかし家族の構成だけなら簡単に図に描けても、人間の心理の部分は必ずしも平明ではない。私の家庭がまさにその典型であった。

昔、外の人は誰でも、私の父をほめた。「しゃれたお父さまですね。気さくで、社交的で……」と言われると、まさにその通りなのである。

しかし父の内側の顔はそうでもない。気むずかしくて、自分の思う通りにならないと、徹底して家族（対象は主に母だったが）を責めた。ついでにまだ子供の私にも暴力をふるったり、夜眠らせないこともよくあった。

そんな時、世間は誰一人助けてくれる人はいない。「今なら児童相談所（児相）という機能があるでしょう」という人もいるが、あの手の役所が根本から解決してくれると思ったら大まちがいだ。それに、それ以前の問題として、どの子供も、自分の親に関する悪評など、世間に洩らしたくない。

最近も父母から体罰を受け、寒い冬に監禁されたりして死んだ子がいた。今では救済の組織もできているから、早く助けを求めれば、何とかなったかもしれないと無責任な世間は言うのだ。もっとも子供たちは救済してくれる役所があることなど知らないだろうし、知っていても決して助けを求めに行きはしないだろう。

子供はいつだって、親の名誉を守りたいのだ。だから肉体的な危害を与えるような父親からたとえ殺されようとも、その事実を訴えたりはしたくない。それが自然の人情というものだ。

私は幼稚園の時から、カトリックの修道院の経営する学校に入れられた。母は日本の田舎の仏教徒の家庭の出だから、実はキリスト教などわかるわけがない。

しかし私にはそういう教育を施し、いつも意識の中に自分の実像をつきつけて、決して思い上らせることのない神、それでいていつかは必ず救いの手をさし延べる神の存在を信じている生活をさせたかったようである。

神の存在を意識していると、人間は他人にも自分にも嘘をつけなくなる。嘘をつきたい時は、「今自分は嘘をついている」という認識のもとに、つくようになる。

その瞬間から、嘘が少しばかり真実の方向に寄って来るし、それが人間としての深みを増すことになる。それでもまだ必要なら嘘をつきたい部分が人間の中に残ることはしばしばあるだろう。それが、文学の担当すべき領域なのである。

これらのことは、しかし人間が生き抜いていて、初めて発生するドラマである。生きていなかったら何も起きない。嘘つきも正直者も生まれない。嫁と姑の相剋に組み込まれた当事者は辛い思いをしているのだが、それも生きている証《あかし》である。

母が、幼稚園の時から私をカトリックの学校に入れたのは、一人っ子で兄弟姉妹がいなかったからだと、言っていた。人生で苦難に遭った時、相談する相手もいないから、神様にご相談できるように、ということだ。

事実身の上相談というものは誰にしても、ろくな返事は返って来ない。若い時に私は新聞の身の上相談の回答を受け持つことになり、「私のような者がお答えできるわけはないのですが」と言った。するとその欄の係りの記者の中で一人、「いや返答になっていなくていいんですよ。『こんないい加減な返事でごまかされるくらいなら自分で考える』と奮起する人がいたら、それはそれで、立派に回答の役目を果たしているんですよ」と言った人がいる。やはり新聞記者の中には、賢い人がいるものだ。

『波』新潮社 2019年5月号

変化を受け入れる

子供は成長し、親をおいて就職したり、結婚したりする。子供に、「親より好きな人ができることが許せない」という親の存在にも未だに時々出会う。しかしそれは、かわいさを失うから子供の背丈が伸びないでいてほしいと思うのと同じくらい、残酷な心情だ。

私たちは自ら変わって行く。私は子供の時、虚弱な体質だったが、戦争で食べものもなく、清潔も守れなくなって却って丈夫になった。戦争のおかげ、親から受け継いだ資質のおかげ、私の努力の怠惰のおかげ、友だちのおかげだが、そのような因果関係は決して明快にされない。

しかしいずれにせよ、変化があったから、私たちは自らも変化したのだ。それが望ましいものであってもなくても、とにかく変化からは逃れられなかったのである。

『人間にとって病いとは何か』幻冬舎

自由とは目立たないこと

私は正直なところ、美容院に行くことをあまり楽しいと思ったことがない。しかし帰って来て鏡を覗くと、少し「普通の顔」になっていた。人間そのものも、魂も、あまり目立たないのがいい。つまり汚すぎると目立ってくる。卑怯な言い方で申しわけないが、自由とは目立たないことでもあるのだ。

『Voice』PHP研究所 2018年12月号

人は誰でも曲がっている

私の父は気むずかしい人で、母と私は父の機嫌を損ねないことだけを考えて暮らしていた。機嫌が悪くなると、父は自分の気が治るまで文句を言い続けるので、母と私は夜も寝られないのである。父はそれほどに気の小さい、女々しい人だったのだろうが、一人の人間の心情がそこまで偏るには、なみなみならぬ苦労があったのだろう。その経過を私は知らないし、また知ろうともしなかった親不孝である。

人はよく、結婚した後、つまり婚家先で複雑な人間関係を体験したり、苦労したりするというが、私は逆であった。私は子供の頃から、気むずかしい父の機嫌を損なわないようにはらはらしながら自分の家で暮らし、それ故にずいぶん根性が曲がって育ったと思われる。

しかし私は、それが不幸の原因とは思っていない。人生はどの人の例をとってみても、曲がっている面があるのだ。穏やかで常識的な両親のもとで育った人は、苦労をしなかったが故に、逆境に弱い性格に育ったかもしれない。個性とは、選べない人生を生きたから固定されるようになるのだ。そして人生は、実にさまざまな個性を生きた人がいる故に、複雑で時には絢爛《けんらん》なものになる。皆が順調に育ったら、この世に「骨のある人物」など輩出されないだろう。

しかし私自身は、素直な環境で育った人が好きだった。そういう人を美しいと思い、その手の人と自分を比べて、自分の精神はどれほど曲がっているかをしみじみ感じた。

ただ私は、自分のようにひねくれた環境で大きくなった人間を不要とも思わなかった。人生には、どんな性格の人にも使いようがある。というより、あらゆる性格の人がいないと、現世は安全に推移しないのである。成型していない自然石を積んで石垣を作る人は、どんな形の石があるかを記憶することで、うまく安定した石組みを作ることができる。どんな形の石も、いつかは使えるのだ。というより、さまざまな形の石がなかったら、石組みは完成しない。

『WiLL』ワック2019年1月号

諦めることで生きられる

二十九日には『いきいき』編集部の人生相談の取材。

私のことだから、ほんとうのことしか言えない。優しく常識的に答えておく、という手加減も下手なのだから、読者は怒るかもしれないが人生の原則は二つくらいだ。

第一には、あれもこれも取る、ということはできないのだから、必ず一つを諦《あきら》めなければならない、ということだ。

第二には、諦めるという技術があれば、すべてのことは解決する、ということだ。しかし最近の教育では、諦めるのは敗退でいけないことになっているらしい。しかし私は、それ以外に生きる方法はなかったことが始終だった。

『私日記8 人生はすべてを使いきる』海竜社

人生には何でもあり

人は誰にでも、危機というものがある。

お金がなくて困った。もう離婚しようかと思った。子供と心中を考えた。さまざまな危機的状況が人間の生涯には必ず訪れる。しかし若い時には、それを隠したくなるものだ。自分だけが、そのような屈辱的な、悲惨な状況を過ごしているのだから、人にはとうてい恥ずかしくて言えない、と思うのである。しかし次第に「人生には何でもありだ」ということが分かって来る。

隠す、とか、見栄を張らねばならない、という感情はまず第一に未熟なものだ。或る年になれば、隠しても必ず真実は表れるものだ、という現実を知るのが普通である。

もし人が本当に自分の真実を隠したいのだったら、人のいない森に一人で引きこもる以外にない。通常の生活をしていれば、その人がどんな暮らしをしているか、何を考えているかは大体のところ筒抜けになる。だから隠しても仕方がないのだ。

第二に、見栄を張る人は、人生というところは、何があっても不思議はない場所だ、という事実を自覚していない。用心すれば自動車事故は起こさなくて済む、というのも一面の真実だが、どんなに用心していても、相手の自動車がこちらに向かって飛び込んで来たり、自分の車がスリップしたりすることを止めようがない場合もある。

だから私たちは年を取るに従って心のどこかで覚悟をしているのだ。何ごとも自分の身の上に起こり得る、ということを承認しよう、と。だから自分は常にいい状態にいる、とか、自分はいい人だ、ということを改めて言わなくてもいい、という気分になるのである。

私はここ数年、できるだけ暇を作って、淋巴マッサージを受けるようになった。私が体の異常を覚えたのは、脇の下に、茹で卵を縦半分に割ったようなしこりができたからである。私は太ってそこに贅肉がついたのだと思っていたが、知人の医者にいわせると、関節には、贅肉がつかないものだ、という。

私の体は、長年の間にいつのまにか淋巴の集まるところがすべて固くしこっていたのである。それは物理的に言うと、私の職業の結果であろう。私にとって働くということは、じっと椅子に坐って動かないことであった。

つまり農業や漁業に従事する人と違って、働けば働くほど私の仕事では運動不足になる。私は若い時からスポーツをするとかならず小さな故障を起こした。何もせず、ただこまめに家の中を動き廻る程度が一番いいのである。しかしその結果、私は淋巴の集まる手足の付け根を極端に動かすことの少ない生活を長年続けていたのかもしれない。

非科学的かもしれないが、人間の体のしこりが、長年の心理的な抑圧、つまりストレスと関係がある、という実感は私の中にあった。マッサージ師は、私がこれほど体の部分部分の淋巴が滞る状態でいながら、よく長い間癌に罹らずここまで来た、と言う。

「あら、私はストレスを溜めたりしていないわよ。人間ができてないから、大きな声で、その当人の前でよく聞こえるようにワルクチを言うことにしてるから」と私は説明しているが、人中に出ることが嫌いな私が組織の中や大勢の人前で暮らすことは、つまりいささかのストレスにはなっているのだと思う。

しかし私が癌にならなかったのは、つまり私は根本の所で見栄っぱりではなかったからだ、と思う。

「人の世にあることはすべて自分の上にも起こり、人の中にある思いはすべて私の中にもある」

と私は思っているから、なにごとにも、悲しみはしても驚かないのである。

『一冊の本』朝日新聞出版　２００４年７月号

人生は損か得か、では図れない

私は自分をいいように見せたくて言うのではないが、人生のことを「損得」の勘定で選ぶことは、マーケットで買い物をする時くらいなものだ。三本でいくらというキュウリを買う時など、私は真剣に素早く太くてイボのはっきりしたキュウリを選んでいる。

しかし他のもっと大切な人生の選択は、あまり損得で決めたことはない。自分がしたいことと、自分がすべきことをするのだ、と親からも教わった。夫も同じ趣味であった。それはとりもなおさず、教育によって、損なことを人に押しつけず、むしろ損を承知で引き受けられる人間を創ることが目的だと納得しているからであった。

損か得かということは、その場ではわからないことが多い。さらに損か得かという形の分け方は、凡庸でつまらない。

人生にとって意味のあることは、そんなに軽々には損だったか得だったかがわからないものなのだ。

私は夫婦仲のよくない父母の元で育った。自殺の道連れになりそうな体験もあった。激しい空襲にもさらされた。鬱病にも視力障害にもかかった。

六十四歳を過ぎてからは、なり手が無かった財団の無給の会長を九年半務めた。それらのことはすべて損どころか、私を育ててくれた運命の贈り物であった。

現世でのご利益を、私の信仰では求めないことになっているのだが、不思議なくらい、私が誰かに贈ることのできたものは、神さまが返してくださっているような気がする。

運命を嘆いたり、人に文句ばかり言っている人と話をして気がつくことは、多くの場合、そういう人は誰かにさし出すことをほとんどしていない。

与える究極のものは、自分の命をさし出すことなのだが、私のような心の弱い者には、とうていそんな勇気はない。しかしささやかなものなら、さし出せるだろう。

国家からでも個人からでも受けている間（得をしている間）は、人は決して満足しない。もっとくれればいいのに、と思うだけだ。
しかし与えること（損をすること）が僅かでもできれば、途方もなく満ち足りる。不思議な人間の心理学である。

『酔狂に生きる』河出書房新社

「もめごと」があるからおもしろい

私は今、二匹の猫と暮らしているが、彼らは我が家の中で一番涼しい所を知っている。風通しのいい場所はもちろん、冷房の風が辛うじて到達する椅子の上とか、たまたま植物好きの私が気楽に鉢植えを置くために出窓に貼った薄っぺらい大理石の上とか、風呂場の風を取り入れるような位置にある洗濯機の前とか、実によく調査している。うちにもエアコンはあるのだが、私の性分がけちなので、こまめに電気を消す。ずっとつけ放す方が本当は経済的だという説もあるが、それでもつい、日本人的な経済感覚で、夕方までこの部屋は使わないなどと思うと、電気を止めてしまう。それでも涼しい所はあるのだ。

私の家には一ヶ所だけ、廊下が四方につながっている所がある。私は「銀座四丁目交差点」と呼んでいる。確かに風通しはいい。それとそこに寝そべっていれば、家中のことがわかる。誰がお皿を割ったとか、誰と誰がケンカをしているなどということは、何の説明を受けなくても、ここにいさえすればわかる。

この家の電気製品のうちのトースターが壊れかかっていて接続が悪くなっているらしいことや、久しく外出をしない私が、着ようと思っていて見つからないブラウスを探して、いらいらしていることなど、我が家の猫のようにこの交差点に寝そべっていさえすれば、逐一わかる。

人生でおもしろいのは、「もめごと」だ。猫はその平凡なドラマの意味をよく知っているようにみえる。

大きなドラマは人間にもその本質が見えないことが多い。大会社や政界の人事の動きなどよくわからないことが多いのだ。しかし知人の家の娘がファッションにお金を使いすぎる愚かな子だという話や、せっかくまとまった或る家の息子の縁談が破談になった理由などは、そもそも内容に正確さを求められていないからよくわかる。おもしろい「もめごと」である。

「もめごと」のない家は、平和でいいように見えるが、生気がない。自然は本質的にさわがしいものだ。雨も降れば嵐も来る。落葉も散る。これでいい、ということはない。一家の中もそんな程度に落ちつかなくていいのだろう。

昔私は、同級生で修道院に入った親友に聞いたことがあった。

「修道院では、シスター同士で喧嘩《けんか》なんかしないでしょう？」

「するわよ」

そう答えた人は、おおらかで開けっ広げな性格だった。

「理由はどんなものなの？　何が理由でシスター同士が喧嘩するの？」

「ほとんどは、『連絡不行き届き』ね。言ったはずだ、伝わってない、の話よ。どっちもどっちみたいで、どうでもいいような話なんだけど」

多分それが人生というものだ。俗世でも修道院でも、人情は全く変わらないことに私はほっとする。人間が、修道院に入ったからといって、数年のうちに性格の本質まで変わったら、私はむしろ気味が悪い。しかし連絡不行き届きだって、そのうちに、現実はそのまま推移していくものなのだ。

昔私は、広島に原爆が投下された日のことを調べていた。

或る母は、当時私と同い年だった中学二年生の息子を原爆で失った。

息子は、その日も寝坊した。母親は、月に何回もそういうことを繰り返す息子を「たたき起こし」、ご飯もろくろく食べないで出かけるという息子を「文句を言いながら」送り出した。母親にすれば、少し自業自得の味を覚えさせた方がいいというくらいの気持ちだったのだろう。親子は広島市の郊外に住んでいたのである。

もしあの時、むりやりにでもご飯を食べさせてから送り出していれば、原爆にも遭わなかったろう、という後悔を抱いたのは、決してこの母子のケースだけではないだろうと思う。

「もう一電車、乗り遅れていれば」とか、「あの日、風邪気味だと言ったのだから、むりやりに休ませていれば」という言葉は、遺族の記録の中にしばしば見える。

こう生きるべきだ、とか、こうした方がいい、という選択は、人間のどの社会、どの職業にもあるようにみえる。それを理解する眼を養うことが、教育なのだと感じている。

しかしこの年になると、「何がよかったかわからない」という言葉は、ますます自然の重みを持って考えられる。人間は一瞬一瞬、小さな選択をして生きる他はないのだ。

兄弟姉妹の多い家庭では、もらいもののケーキを親が切る時だって、どれが比較的大きな一片かを、全員が目を光らせて見ているものだ。しかしそのうちに最も大きそうに見えることなど、大した意味がない、と覚るのが、大人になることなのだ。

学問をした方がいい、本をたくさん読んだ方がいい、と私たちは考える。しかし本など一冊も読んだことがなくても、幸福に生きている人に、私はたくさん会ったのも事実だ。

『波』新潮社　２０１９年10月号

今日一日の積み重ねが一生

今の日本の社会的状況は、何でもできる。職場を辞めても、仕事の内容に好き嫌いを言わなければ、何とか生きて行けるはずだ。

自分を生かすも殺すも、自分の判断とその結果の行動による。

社会主義国家で暮らす体験を私は知らなくて済んでいるのだが、日本のように、生来の仕事から恋愛まで自由に選べる生活もまた恐ろしいのである。責任は全部自分にかかってくる。

昔の結婚は親が決める場合が多かった。だから恋愛感情は生まれなくても、相手が常識的な世界観の持ち主で、一生おだやかに暮らせた例も多かったと言えるのかもしれない。

しかし今日一日の生き方を決めるのはやはり自分なのだ。そして今日一日が幸せで、明日も同じようにおだやかなものであり、それが長く続けば、その人の生涯は成功だったと言える。

選ぶのも当人、結果を判断するのも当人だとなると、判定は公正のようだが、不満の持って行き所もなくなる。

一生は、今日一日の積み重ねだ。だから、今からでも不満は修復できるとも言えるし、その全責任が自分にかかってくる恐ろしさにも気づかなければならない。

『新潮45』新潮社　2018年9月号

自分を生かすも殺すも、自分自身

小さい頃のことを思い出すと、私は不思議な気分になる。私は世の中の立派なこと、雄々しいことにも影響を受けたが、卑怯なこと、哀しいことからもそれ以上に激しく学んだのであった。

とりわけ父母の結婚生活が決して幸福なものでなく、自分の家庭を安らぎの場所とは思えなかったことからも、私は多くのことを教えられたのである。もし私が仲のいい夫婦の子供だったら、私は恐らく人生を今の半分しか味わう能力を持たせて貰えなかったような気がする。

仲のいい親も子供に多くのものを与えることはまちがいないが、おもしろいことに不和な親も、それなりにすさまじい教育を子供になし得るのである。皮肉ではなく、私の親は普通の親たちが子供にとうてい与えられないだけの厳しい人生を私に見せてくれた。これはどんなに感謝してもし切れないことであろう。私は本当に幸運であったと思う。

一般的な言い方をすれば、私は親たちの暮しを見て、人間の生涯というものはどう考えてもろくなものではなさそうだ、と考えたのであった。そしてその時以来、私は何事にも一歩引き下って不信の念をもって見られる癖がついたのである。すると人間のどの生活にも哀しい面があることがわかった。それだからこそあちらもこちらも許し、許さねばならないのだと思うようになった。私は今でもしばしば自分が狭量であることにぶつかるが、これでも私の持って生まれた性格から見れば、ずっと寛大になったのである。

世の中をろくでもない所だと思えばこそ、私は初めから何ごとも諦められるという技術を身につけた。それは少なくとも、私にかなりの自由と勇気を与えてくれた。人間の苦悩の多くは、人間としての可能性の範囲をこえた執着を持つ所から始まるのかも知れないとも思った。

『絶望からの出発』講談社

要らない人は存在しない

哲学的、科学的な頭脳の持ち主は、多分私のように直感的な閃《ひらめ》きに頼っている人間を許せないだろう。

私は音楽が好きで、オーケストラの定期演奏会の年間会員になっているが、オーケストラは、一人の人間の体の部分的働きを取り出した姿に似ている。

一つの楽器では、交響曲は創れないのだ。弦楽器なら多少メロディはわかるだろうが、打楽器になったら、曲の全貌を見せてくれない。

「驕《おご》ってはいけない」

と、私は学生時代に教えられた。

一人の人間は、社会からみると、人体の部分のようである。眼は大切なものだが、眼が感知したものを、神経を使って大脳に伝えなければ何の意味も持たない。脳からみると足の裏などという部分は、何ら重要な働きをしていないようでもある。顔でもないし、手のように薪《まき》割り、水汲みなどという作業に直接携わってもいない。

しかし足の裏がなかったら、考えたことを喋ったり、一人の人間がどこかに移動することもできないから食事も作れない。だから、「眼が足の裏に向かって、お前は要らない……」ということはできないわけだ。人体のすべてが要るのである。

同様に、一家や一族の中で、「アイツはできそこないだ」と思われているような人でも、要らない存在はない。

事柄はすべて入り組んでいて、その結合によって新しい価値を生み出すのである。

『人間にとって病いとは何か』幻冬舎

第二章

九十歳までのわたし

体が動くうちにやっておくこと

つい先日、私の知人の知人が、マンションの浴室で亡くなっていた。まだ七十歳くらいで、そんなに高齢でもない。一人暮らしが危険という年でもないし、浴室の事故が起きるのは、ほとんど寒い冬場である。しかしもう夏が近づいている季節になっていたから、周囲も当人も一人でお風呂に入るのを危険とは思っていなかったろう。

しかしお風呂は、心臓に問題があったり、血圧の不安定な人にとっては、実に危険なところだ。

私は今から十五年くらい前に、ということは七十歳になるや否や、家中に体が不自由でも動けるような装置をつけた。玄関の前の数段の石段、靴脱ぎ場、廊下、お風呂場などに、醜いけれど仕方がない、という気持ちで手摺りをつけたのである。それだけでなく、二階へ階段を上れなくなる場合の準備もした。

私の知人に、プレハブ三階建ての家を建てた時、箱型のエレベーターまでつけた人もいる。しかし私は持ち前のケチの精神から、そんな贅沢はできなかった。

ただ私の寝室は二階にある。どんなに年を取って足に不都合が起きても、とにかく自分で二階に辿りつけるようにはしたい。

その結果、発見したのは、椅子が一個壁伝いに二階へ上って行くシステムのものだった。むき出しだが、二階まで上るのに七十五秒もかかるのだから、振り落とされる心配はない。私はこの速度にイライラしたが、それでも重い本を数冊運び上げたり下ろしたりするのにも、役に立った。

夫が倒れて介護認定を受けるようになった二〇一六年、初めてケースワーカーさんという方が現れて、家中を見ていかれた時、私は聞かれた。

「このお宅は建てて何年になりますか」

私はこういうことに記憶が悪い。

「正確ではないのですが、五十年くらいです」

「その時のままですか？」

「はい」

この古家は、僕たちが死ぬまでこのまま使う。なんとか保つだろう。死んだら壊して更地にして売ればいい、というのが夫の意見で、私もそのつもりでいた。私たちの世代は、戦争を体験しているから、何でも「倹約・節約」ということが大好きで、使えなくなるまで使う、というみみっちい趣味がある。

「その時からバリアフリーなんですか？」

つまり家中に段差がないのだ。敷居もない。

「はい、そうですが」

バリアフリーということは、車椅子にも対応しているということだが、蹴躓《つまず》くという心配もない。私は確かに、それを意識して建てた覚えはある。すでにその時、私たち夫婦は、親たち三人と同居していた。夫の両親は足が達者だったが、私の母は不自由だった。

約五十年経って、私は意外な時にこの家を褒められたわけだ。すでにうちは手摺りだらけだった。廊下にも玄関にもトイレにも。家族はまだ手摺りなしで歩けたが、知人は似たような年齢だから、どんなお客さまにでも使えた。

その他にも、私はお風呂場にも自分が決めた位置や高さに、必要と思われる長さの手摺りを設置した。年寄りがお風呂場の温度の差で発作を起こすということがありそうなので、天井の電気が同時にヒーターになる設備もつけた。

これで浴室を予備的に温めることもできたし、お湯を抜いた後に、お風呂場を徹底して乾かすこともできた。もっとも私は電気代をけちる自然主義派だったので、昼間、お風呂場は開けっ放しにする規則を作った。

お風呂場に手摺りをつけてくださいというと、大工さんには一応のマニュアルがあって、決められた場所につけていくらしい。しかし私は自分が、何度も湯船に入ったり出たりしてみて、もし不自由な足で立ち上がることになったら、どんな姿勢の時に不安を覚えるだろうという気持ちで場所を指示した。もちろん、湯船に入る人の障害の程度と位置によって、これが変わることは承知しているが、一応誰かの役には必ず立つ場所である。

それぞれの装置にはお金がかかったが、私は自分の将来に対する必要経費と思って出したのだ。後に物知りの友人に聞くと、それらは介護保険が出るようになってから申請すれば要介護の程度によって費用の何パーセントかが出るという話だが、私は自費でやってしまった。

できればそれでいい。保険というものを、自分が払った分だけでなく、できるだけ多く「使い倒す」のがいいと思っている人が時々いるが、こういう人生の送り方をすると、なぜかいいことはないような気がする。

ごく最近になってだが、私は家中からほとんどの電気スタンドを追放した。私は視力に自信がないから、今後もっと長く生きたら、私の視力ももっと悪くなるだろうと覚悟している。

その代わりLEDの一メートルもありそうな長い蛍光灯を、天井の何カ所か取り付けた。一灯が電気スタンド数個分の明るさだった。これでどこででも、本が読めた。床の上に電気のコードがのたくっている無様も解消した。

このコードに年寄りは足を引っかけて転倒することもある。家中がしかも隅々まで明るくなった。どこででも本が読めるなら、壁紙の染みが見えるようになることくらいどうでもいい。

今、私がこういう作業が成功だったと思うのは、私がこれらを比較的若いうちにやっておいたことだ。主に七十代である。

あまりに年取って、自分自身にひどい障害が出ると、もう自分がこうした設備の発注者になるだけの配慮もできなくなる。体力というものは、いつまでも「今程度にでも」あるものだ、と思ってはいけないのである。

私は性格的に、いつも悪い事態が自分に起こると考えることだけは達者だった。子供の時から、運命の暗い面だけを予測して生きてきたのである。

そうでない性格の人も結構いるのだ。そういう人は、私と違って、いつも明るくて、建設的な思考方法がうまい。しかし多分人生には、どちらの性癖の人も、それなりに、お役に立つ場はあるのだろう。

しかし原則は一つある。誰でも年を取るという絶対の変化である。時々健康な高齢者がテレビなどに出てきて、「私、若い時より体力もあって元気です」というようなことを言うが、あれは非常に特別な人か、若い時に病気を患っていた人であろう。人間は年を取るとそれなりに体力も衰えるのが、自然の原則である。

それを見越して若い時から、年取っても動けるように自分なりの工夫をすることの方が、私には地道な準備をしているように思えてならないのである。

『人生の退き際』小学館

まだ読書ができる幸運

最近の私の生活は、平々凡々に過ぎている。昔から外に行くのが好きではなかったが、近頃は体力がないので外出するのがますます億劫《おっくう》になった。それで前よりよくテレビを見る。私の晩年に、テレビがこんなにも広汎な世界を映してくれるようになって幸せだとも思う。

八月十五日には偶然、『きけわだつみのこえ』（日本戦没学生の手記）を読み返した。朝、本棚で本探しをしていると、文庫の二冊が私の手許に落ちたのである。頁の端の方が日焼けで薄い茶色になりかけている。奥付を見ると、一九九〇年版だということがわかった。

これらの遺書の所々に、私が赤い線を引いている。こうした線は、私が晩年、視力を失う時の用意であった。赤線さえ引いてあれば、私の心に残った個所を容易に探し出して、他人に読んでもらえる。そう思っていたにもかかわらず、私はまだ視力があって読書が可能だ。こんな幸運は神に感謝してもしきれない。

『ＷｉＬＬ』ワック２０１８年10月号

正月を半病人風に過ごす

今年、私は殆ど寝正月だった。微熱があり、一日眠っている。「疲れが出たんですよ」と言ってくれる人もいる。何の疲れか。六十年以上書いて来た積年の疲れか。朱門を見送った後の疲れか。

しかし私には遺産相続の疲れとか、葬儀の疲れとかはなかった。世間に向けた葬儀をしなかったからだ。今の私にはその体力はないし、朱門もその手のことで「人さまにお出まし」を頂くのを何より避けていたから。

でもそのおかげで私は家で来る日も来る日も半病人風で寝ていられた。

『Voice』PHP研究所 2019年4月号

いつまでも「勤労奉仕」をする

昔、子供の頃は戦争中だったので、何かにつけて「勤労奉仕」的な仕事があった。壮丁《そうてい》が皆戦争に駆り出されてしまっていた時代だったから、男手もない社会が出現していたのである。だから私たちは女の子でも学校で「この斜面の草を刈り、このリヤカーに入れて坂の上のあの場所まで運び上げて捨てなさい」という式の仕事を始終させられた。これが勤労奉仕である。

暑くて辛い仕事が多かったが、それでも言われたことをやるのに、皆夢中になって働いた。その目的は何年とかかるものでなく、三十分とか、一時間とか、短時間のうちにし終わるものだった。その目前の目的に向かって働きアリのように働いた実感を、私は今でも忘れていない。それは特に楽しい記憶でもないが、人生とは常にそんなものだろう、と思える癖を私につけてくれた。

そして今私は毎日自分の家で、ある程度の秩序と清潔さを保つために働くことを、私の目下の勤労奉仕だと感じている。だから日々退屈もしないし、目的もある。
有名な会社の第一線で働いてきた人たちには、こういう平凡な勤労奉仕の実感がないだろうから、日々目的を作るのが難しいだろうけど、私の仕事は少しも卑下すべきものではない。私は再び勤労奉仕をして生きる生活に戻ったのだ。

『Voice』PHP研究所2019年9月号

生活から引退しない

高齢者も死病の人も、できる限り生活から引退してはならない。私も何度か老人ホームに憧れ、今でもついに体が利かなくなれば、やはりそうした施設と組織のお世話になる他はないとも思うが、しかし最近では、よくできた施設で暮らすことの危険性を感じ出している。

そうした所にいる人達の特徴は、頭も運動機能もまだ充分なのに、一様に食事を自分で作らなくてもいいことを利点としてあげていることだ。

確かに私も忙しい日に食事の支度をしようと思うと、どうしたら手が抜けるかを考える。外食も悪くはないなあ、と思う。しかし毎日自分で食事の支度をすることは、何よりの頭と気力のトレーニングであろう。食品や冷蔵庫の管理というものは、実は意外と頭を使うものだ。

私は自分がけちなせいか、食料品を残したり捨てたりすることが嫌でたまらない。残り物をうまく組み合わせて、何ができるかと毎日考えている。それがうまくいかないと、どのように食料品を買わないで済ますかも考える。

生活とは、雑事の総合デパートである。電球も切れた場合を考えて買って置かねばならない。台所の壁紙が見るに見かねるほど黒ずんでくれば、明日の午後はあそこだけはきれいにしようと計画を立てる。

喜んでやるのではない。むしろいやいや「ああ、面倒くさい」という呟きも洩れるのだが、人間は嫌なことをしていないと多分ばかになる。なぜなら、それが生きる世界の実相だからだ。


『一冊の本』朝日新聞出版　2004年11月号

年をとって安全に家で暮らすために

私は夫ができるだけ自分で安全に家の中を動き廻れる環境造りをした。第一の理由は、私は献身的ではないから、看病にできるだけ手をかけたくない。さらに高齢者は、二日寝ていたらもう歩けなくなると知っていたので、どんなに辛くても最低トイレには自分で行く習慣を続けてもらわなければならない、と思っていたから、夫に普通人に近い生活をしてもらうことにした。

食事の時も、みんなといっしょの食卓に呼び出し、着替えはひどく時間がかかるが、自分でしてもらう。夫はまた私にない奇妙な癖があり、寝間着でいいと言っても、昼間はきちんと着替えをした。

それも毎日着るものを選ぶ。今日は紺系統のシャツとズボンとセーターだとすると、私が手当たり次第に茶色の靴下など出すと怒って、自分で色を合わせに行く。

しかし私が多分一番成功したのは、思い切って部屋の使い方を変えたことだった。私の家の中央で一番広い部屋は、英語で言うと「コモンルーム」と言いたいような目的の定かでないものだった。

食卓があるから食堂でもあり、秘書がいるから事務室でもあり、マッサージの椅子があるからマッサージルームでもある。私が時々短いエッセイを書くから一台だけパソコンもおいてある。

私はその部屋を夫の居室に変えた。一日中太陽が差し込んで暖房も要らないくらいだし、隣は台所だから、家中の物音も人声もお鍋の音も聞こえれば、料理の匂いもして来る。

夫は耳が遠いから、会話の内容は理解できないだろうが、人声が聞こえる空間は悪くない。幼い時、私は父母の声や、父がラジオで聞いている浪曲を子守歌によく眠った。どうしてあの声が聞こえると、すぐ眠くなるのか不思議なくらいだった。

夜中や朝起きたばかりの時、夫はまともに歩けない。一日中そうかと思っていると、昼近くなるとかなりしっかりして駅前の本屋に歩いて行きたがる。買う本の選択もはっきりしているし、「お金ちゃんと払いましたか。万引きで警察に捕まっても引き取りに行かないわよ」と言うと、私と違って値段まで覚えている。

ケアマネージャーさんという方が現れて、私たちの知らない便利なものがあることを教えてくれた。朝方ふらつく時、寄り掛かって歩ける歩行補助器というものは、私が使いたいくらいだった。実によくできた快い器械である。しかしとにかくこうした器具を使うのに、一にも二にも必要なのは室内の空間であった。

私は夫が不調になる前から、二階へ上がる椅子式の電動昇降機をつけていた。ほんとうのことを言うと、自分がまず歩けなくなりそうだったからである。高齢者は、自分が病気や不調になると、もうあらゆる配慮ができなくなる。だから事前に備えたのである。

このおかげで、二階に寝室があるという問題は解決したが、孤立した寝室はどこか不安で、病人をおいておけなかった。階下の中央に位置する部屋が、介護には最適なのだ。銀座駅から上野駅みたいな場所なら、通りがかりの人が、片手間に様子を見るという原理である。

私たちの家はもう築五十年を越した古い日本家屋で、それは私の好みを入れた実用一点張りの、しかしよくできた間取りだった。なによりよかったのは、私が部屋を設計の段階で細かく分割しなかったからである。だから居間兼食堂兼秘書室みたいな二十五畳くらいの部屋ができたのである。

逆に私たちの書斎を秘書のいる部屋にして、私が仕事の時だけ、その部屋にある自分専用のコンピューターに出向くことにした。私は違った場所でも、雑音の中でも、きれぎれの時間でも書けるという、荒っぽい神経を昔から残していた。

夫が駅前の本屋に一人で歩いて行きたがる時、ほんとうは誰かついて行くべきだが、私は危険を承知で敢えて止めなかった。人間には個人の好みがあるし、運命と言うべきものもある。その手に委ねようと思ったのである。

こうした一連の配慮ができたのは、私が暮れからほんの少量の副腎皮質ホルモンと甲状腺ホルモンを飲ませてもらい出したからだった。それまでの私は、膠原病のせいか甲状腺ホルモンの不足のせいか、ほんの二、三歩のところにあるものさえ、だるくて取りに行けなかったのである。

まあ年を取るということは、そういうことだろう。そんな時あたりを見回すと、人にはそれぞれ生理的な年代があるように思えた。

『新潮45』新潮社 2016年2月号

わたしの「老老介護」の一日

当節、私はたいていの日、朝五時台に起きる。しかし性根は怠け者だから、すぐには起き出さない。衛星放送で、外国の事件もののテレビドラマの続きを見たり、ＢＢＣとＣＮＮと、もちろん日本のニュースも見て六時半頃まで二階の寝室でぐずぐずしている。

夫の病室は階下である、と言うが、夫は別に取り立てて病気というのではない。ただ九十歳だから、からだ全体が衰えているだけだ。去年何度か、理由なく転んだ。顔にも青痣《あざ》ができ、人にそのことを聞かれると、夫は嬉しそうに、「女房に殴られたんです」と答えていた。頭の内部の検査もしたが、年齢相応の軽い脳萎縮はあるものの、頭蓋骨に穴を開けて処置をしなければならないほどの病変は見当たらなかった。

しかし私はそこで、すべての生活を切り換えてしまったのだ。かつて多目的空間としてお客が来た時に通す食堂であり、テレビを置いていた居間だった一続きの二十畳以上ある部屋を夫専用の「病室」に換えてしまったのだ。広いということは、何よりの恩恵である。

その部屋に降りてくると、私の活動が始まる。

まず夫の部屋と、私たちの書斎の窓を開けて朝食の間に空気を入れ換える。その際、夫の部屋に夜通しゆるく入っていた空調も切る。私はこのごろ、電気の無駄をしない習慣をつけた。

それから門を開けに行き、ついでに新聞を取って来る。新聞は日本字のものが四紙。英字新聞が一紙である。このごろは薄いカバーに入れてあるものが多いからそれを剥いで、夫の手の届く台の上に置く。夫の朝の楽しみは新聞である。

それから台所に行って、簡単な朝御飯の支度をする。すでに紅茶のカップとソーサー、コーンフレークスかスープ用の小さな受け皿つきボウルは、スプーンなどと共に置いてある。次の食事のための食器をこうして並べて置くやり方は、修道院の習慣である。

しかし朝飯には、いろいろなものがいる。薬を飲むための水、健康食品と言われるものの薬瓶が入った籠。私はその中に入っている薬袋から、ごくわずかの量の副腎皮質ホルモン（シェーグレン症候群の症状を緩和するため）と、一日おきに甲状腺ホルモンの薬を飲む。一日おきという飲み方が私には至難の業で、毎日カレンダーを睨まないと、今日が何日で何曜日だかわからないことがけっこうある。テーブルを汚すとすぐに拭きたがる夫のための濡れた食卓布巾。ミルクとヨーグルト、食べ残して小さなタッパーに入っている余りものも忘れずに出す。夫のための果物、コーンフレークスと砂糖と牛乳。コーヒー沸かしには三百cc分の水を入れてスイッチを入れる。コーヒーの粉は、大きな缶で買って来てあるMJBである。うちには誰も「コーヒー通」がいない。お腹が空かないだけの食事があれば、文句は言わない、言わせない、という性格の家族ばかりだ。私は時々思いついたように、十二枚切りの薄いパンをキツネ色になるまで焼き、その上に（もしあれば）モッツァレラをフライパンでただ焼き目をつけただけのものを載せて食べる日は幸せに感じている。

夫は日によって温泉卵か、スペインのガスパチョ風の冷たいトマトスープを飲む。私はいくら教えられても温泉卵をうまく作れない。これは今三戸浜の家の面倒を見てくださっている佐藤さんのお手製だ。私は性格が悪くて、こういう厳密に温度の管理をしなければならないものを作る気が起きないのである。今年は家でトマトがよく採れたので、夏の間は毎日ガスパチョを作った。この夏だけの冷製野菜スープは、もともと自家製の独特のレシピでいいというのだが、私の家のは崩し過ぎていて、スペイン人が聞いたら、そんなものはガスパチョではないと言うだろう。生のトマト、ピーマン、キュウリ、ニンニクにトマト・ジュースと水半々ぐらいのものを足して、塩（岩塩などのいいもの）、胡椒、オリーヴオイル、黒酢、ウスターソース、タバスコを入れてミキサーにかけ、少なくとも一晩は冷蔵庫で寝かした冷たいスープだが、これを一ボール食べると、かなり円満な食材が体に入る。浮実は、ほんとうはもう少し凝るべきなのだが、私は茹で卵を切ったものを用意しておいて散らすだけだ。時期によっては、庭のパセリを切ったものもいいが、私は足がよくないので、庭に降りて転倒するのが怖い。だから入れない。つまり怠け者のくずし料理である。

終わったら食器を流しに運ぶ。私の家はもう五十年も経つ古屋で、建坪も昔の家風に大きいから、私は台所を歩き廻るだけでかなり疲れる。とは言っても、お寺の庫裏《くり》みたいに広いわけではないのに、足の裏も体全体も持病の膠原病《こうげんびょう》（シェーグレン症候群）のおかげで、痛い日が多い。主治医によると、すべてこうしたけちな主訴は膠原病のせいで、少しもおかしくはなく、心配も要らないというので、私はただ不便をかこっているだけである。ありがたいことに、今一番楽にできる労働は書くことなので、私は午前中いっぱいで毎日十〜十二、三枚は書く。

昼御飯が終わると、まるでまともな一日がこれで終わったみたいに嬉しくなり、昼寝をしに行く。たいてい三時のお茶の時に起きてきて、朱門もお茶に誘い、それから夕方まで雑事をする。ゲラ校正が、以前より早く進むようになったのも皮肉である。夜の御飯の後は、朱門のベッドの傍のソファで八時半まで本を読む。耳が聞こえないから会話はできないのだが、二人とも本を読んでいるので、それで、まともな家族の暮らしをしているみたいな感じになる。八時半過ぎに、朱門の睡眠薬と飲み水と寝酒の壜が空になっていないか見極めてから、空調を寒くなりすぎないように按配して二階に寝に行く。それが最近の私の一日だ。

『Voice』PHP研究所　2016年11月号

人間の体は、使い方次第

私はすでに八十歳を越えた。昔はこんな年まで生きている人は少なかったが、東京の私の同級生は皆、今も普通に生活している。

冷蔵庫だって自動車だって古くなれば、ドアがよく閉まらなかったり、へんな音を立てたりするものだ。でも使う時、ちょっと気をつけて最後のところで押すようにすればちゃんと閉まる。人間の体も同じで、使い方でまだまだ役に立つ。

彼女たちは、自立と自律の精神を持っていることがおしゃれの最大の表れだ、と思っている節がある。

私は六十四歳と七十四歳の時にかなりひどい足首の骨折をして、それ以来正座もできないし、歩き方もおかしい。でも今でも、アフリカまででも一人で旅行する。国内旅行の時、付き添いを同行するようなこともしたことがない。別に秘密の悪事をしているわけではないが、一人で行動する自由な楽しさを奪われたくないのである。

旅や外出は老世代にとって最高の訓練の時だ。座席がどこか、トイレは前方か後方か、おべんとうはどこで買ったらいいか、複雑な切符をどのように保管すべきか、すべて訓練の種だ。旅に出ても、

「私の席はどこ？」

「切符はあんたが持っといてね」

などという依頼心が、老化の道をまっしぐらに進ませるのである。

老人に優しくするのは当然だが、甘やかすのは相手を老人扱いにしていて失礼にあたる、という空気が私の周辺にはあって、ほんとうに助かる。

駅前まで行くにも、老人を一人では出せないという考え方をする地方が多いが、東京ではほとんどない。それは都会人の心が冷たいからなのか、それとも都会の高齢者が若ぶりたいからなのか、どちらなのだろう。

『酔狂に生きる』河出書房新社

物知らずのほうがいい

年齢を重ねたせいか、だんだんいろんなことがしんどくなってきました。もともと怠け者ですし、勤勉ではないんですね。自然発生的に生きていればいいだろうと思ってきましたし、やるべきことをやってないのも平気なんです。

ちょっと後ろめたい思いで生きるのが好きなんです。自分が正しいと胸を張っている人より、何となく後ろめたいと思っている人のほうがいい。物知りより物知らずのほうがいいとも思います。後ろめたいがゆえに、物を知らないがゆえに、謙虚になれますから。

『ゆうゆう』主婦の友社 2021年5月号増刊

自分で餌を調達する

私個人としては、料理ができることが最大の特徴だと思っている。残り物の材料だけで、できるだけ手抜きをして——ニンジンを花形にくりぬくなどということは一生に一度もしたことがない——材料は少しも捨てずに、素早く作る。

野生の動物はライオンでも熊でも、自分で食料を調達しなければならない。それをしないで楽々と人間に餌をもらえる家畜は、人間に食べられてしまう運命にある。だから自分で餌を調達する、という能力は動物の基本である。

『人生の原則』河出書房新社

長生きしすぎると周囲は困る？

「長生きなさいますよ」という言葉は、もちろん常識的には「お慰め」ではあることはわかっているのだが、最近、言葉の陰に十パーセントくらいのイヤガラセが含まれているように感じはじめた。

先日会った脳外科医は、私がまだ全部自分の歯だというだけで、「間違いないよ。百まで生きるよ」である。私は甘いものを好きではないので、歯が保ったのである。

長生きしすぎると周囲は困る。しかし病弱で、自分のことも一人でできないままに長生きするはめになっても悲惨なので、私は仕方なく食べ物に気をつけたり、家事をさぼらないでいたりしているのである。でも私は運動もしない。足の怪我以来、能力が人並みではないから、階段とエスカレーターがあれば、さっさとエスカレーターに乗る。私は昔からスポーツが嫌いで、テニスとかジョギングとか、やってみても続いたことがない。

私は年齢相応に、体力がなくなってきている。ただ書くという私の仕事は、一番体力を使わなくて済むので、どうやら私は十年前と同じくらいの原稿は書いている。しかしすぐ疲れて動けなくなる。膠原病の一種であるシェーグレン症候群もあるとわかっているが、これは人によって実に違う病状が出るものらしく、私の場合は怠け病としか見えない苦痛になる。ただひたすらだるいのである。

三メートル離れたところにあるゴミを捨てたり、汚れた食器を流しに戻すこともいやになる。寝る前に着替えをしたり、歯を磨いたりするのも辛い。それでも私は目下のところ、最低のことは家の中で立ち働く。知らない人が見たら、けっこう家事をこなしている老女に見えるだろう、と思う。

その結果おもしろい変化が出てきた。私はすぐ怠けたがる体を、できるだけ怠けさせるために、今までにないほど頭が廻るようになっていたのである。

ものごとの先だけでなく、先の先のさらに先のことも思いつき、行動がそれに備えるようになった。流しの近くに行ったなら、ついでに野菜の水切りもしておこう。

二階に行くのなら、洗濯物の乾いたのと、ティッシュペーパーの予備の箱をついでに持って上がり、降りてくる時、気になっていた埃よけの汚れたテーブルクロスを外して階下の洗濯機に放り込んでおこう。そのついでに……と私の頭は初期のコンピューターくらいには働く。それも綿密に素早く働くようになった。

だからと言って、ぼけていないのではない。私はそのどちらも大ファンなのだが、エルビス・プレスリーとマイケル・ジャクソンの名前が始終出てこない。「電子辞書を引けばいいじゃない」という人もいるが、名前が出てこないのだから引きようがないのである。

『人生の退き際』小学館

老年は思い通りにならないことばかり

老年が「面白い」という人がいたら、私はまず「嘘つき！」と思うことにする。老年は思い通りにならないことばかりだからだ。しかし数分おいて考えてみると「そういう面もあるか」と考え直すようになった。

もう八十を過ぎてから、或る時私は学校の同級生たち数人と温泉に行った。そして旅館の浴衣とどてらを借りて、お風呂に入った。

ここまでは人並みである。部屋に帰って来てから、私たちはやや大騒ぎになった。

誰かがお茶を飲みたいと言い、気の利いた人が「私はお菓子持って来たの」と取りに立とうとした。

当時足の悪かったTさんと私は、ほんとうは炬燵に入ったままごろごろしていたかった。

しかし二人共、動き廻る同級生の邪魔になることを恐れて、席を移そうとした。

しかし二人共、うまく立てなかった。どうもどてらが私たちの行動を邪魔していたようだ。しかしTさんも私も一応律儀だったので、何とかして立ち上がろうとして、そこにいるクラスメートの笑いの種になったのである。

Tさんはその後亡くなってもういない。私はその当時より足の具合が少しよくなり、今はあまり行動に不自由していない。

どてらを着てうまく行動のできない婆さん共の姿は、たしかに人の笑いの種にしかならない。

しかし二人して、どてら姿で転げ廻っていた日があってよかったと私は思っている。それこそが、私たちの生きた証の時だったのだから。

『老年を面白く生きる』海竜社

第 三 章

ひとり暮らし
になってから

一人生き残って思うこと

仲の悪い夫婦の方が晩年は楽だな、と思うことがある。夫婦のどちらかが死ぬと、自然に解放されるからである。しかし仲のいい夫婦は、どちらが生き残って一人の生活をするようになっても、寂しいのである。

昼日中は、外出でもすれば、寂しさも感じないで済むかもしれない。しかし家に帰って来れば——ましてやそれが日暮れの早い冬ででもあれば——帰って来た我が家は真っ暗で、しかも暖房は消えて寒々としている。と或る時友だちに言ったら、「今はそんなことないわよ。日が暮れれば、自然に灯がつく装置もあるし、外からだって電話でお風呂のお湯を沸かしておくこともできるのよ。電気の炊飯器だって時間をセットしておけば、炊けてるじゃないの」と言い返されたが、私の言おうとしているのは、どうもそういうことではない。

灯火がついていようといなかろうと、家の中に自分より他に誰もいない、という寂しさが堪えるのである。

夫婦の一人が欠けると困るのは、話す相手がいないことだ。いや話し相手だけなら、誰かに通って来てもらっても済むことかもしれない。しかし夫婦というものには、他に便利な点があった。それは心おきなく他人の秘密や自分の醜悪をさらしても、それが外に洩れる心配がないことだったのである。

『晩年の美学を求めて』朝日新聞出版

家族の死後にするべきこと

私はともかく、朱門の育った家庭は、古い日本の生活の形式に、完全に無頓着であった。むしろそうした常識やしきたりに組み込まれるのに、反抗していた空気もある。朱門の父母は、無政府主義者であった。しかし息子がカトリックに改宗することも、嫁の私が好きなことをするのも決して妨げたりはしなかった。だから私は、朱門の死後も、自分なりの回復の経過を辿ることにした。

事実、私の生活には、まだ朱門の好みが色濃く残っていた。私は毎日朱門の声を聞いていた。別に幻聴ではない。ただこういう場合、朱門ならどう言うかと思うと、必ずはっきり答えが聞こえて来るのである。

家族の死後にはするべきことがたくさんある。ご弔問を頂いたお礼とか、支払いとか、頂いたお花を長くもたせることとか、部屋や遺品の後片付けとか、私はそれらのことを、人より早く始めた。多分私があまりセンチメンタルな性格ではなかったからだろう、とも思うが、私は自分の体力を既に信用していなかった。私は脊柱管狭窄症のためか、体中が痛い日もある。できるだけ生活を簡素化して、自分のことだけは、自分でできる生活に早目に切り換える必要があった。

こういう時にどういう生活をすべきか、私にも常識がなかった。私は朱門の死後六日目に仕事を始めた。その時朱門は私の意識の中で、「そんなに仕事を休んでいたって、僕が生き返るか」と言ったのである。

「遊ぶのを止めたって、僕が帰ってくるか」

と声が言った日もある。朱門は家族の誰でも、楽しく時間を過ごすことを目標においていた。だから私は差し当たり食事の手を抜かなかった。特に御馳走を食べたわけではないが、毎日の食事がバランスのいいものであることは、一緒に食事をする秘書の健康にも関わることだった。だから私は庭の小さな畑にホウレンソウなどを撒《ま》いてもらい、それがホウレン木に近くなっても、まだ採り立てを食べるのを目的にしたりしていた。

私は当分の間、朱門が生きていた時と同じ暮らしをするのを朱門が望むような気がしていた。急に生活を派手にしたり、地味にしたりするのではない。以前通りがよさそうだった。

私は「朱門のいた部屋」においてあるお骨壺に、毎晩挨拶して眠ることにした。私らしく荒っぽい挨拶である。写真に向かって手を振って「おやすみ」と言い、お骨の包みを三度軽く叩く。それだけだ。

すると或る日、朱門は「それじゃダメ！」と言った。何が？ と私が尋ねると、「三度叩かなかった」と言うのである。それで私は、二、三歩後戻りをして、もう一度叩き足して「煩《うるさ》いわねえ」と呟いた。するとそれで朱門は黙った。生きている時と全く同じ呼吸である。

朱門は別に、部屋の掃除に煩い人でもなかった。しかしたくさんものを持たない人だったから、私の部屋は散らかっても、朱門の部屋がもので溢れるということはなかった。

私はだから家の中の無駄なものをいち早く追放した。朱門の記念になるものは、著書だけでいい。どこかで朱門の視線を感じていたから、家の中が、彼がいなくなった後、乱れ始めたと思われるのは嫌だった。

朱門と私は、生涯よく話をした。朱門は、ゲームも嫌い、昔、同人雑誌の仲間が我が家で麻雀をしていても、自分だけは傍に寝ころがって本を読んでいた。だから我が家の娯楽はお喋りだけだった。昼間私が一人で行動をした日には、誰が何をした、どんな光景だった、ということを私は逐一喋った。

そうした会話の間に、私は誰かに対して激しく怒ったり裁いたりすることがいかに幼いかを学んだ。朱門にとっては、誰が何を言おうが、それは怒りの種でも、侮蔑の理由でもなかった。すべてがあってこそ、この地球はおもしろいのだ、と言わんばかりに面白がって彼は生きていた。

朱門が死んだ後、私たちは、その死という変化を重大事件と思わず、ただ他人から与えられる心遣いに深く感謝するだけで、できるだけ日常性を失わずに暮らすことを目的としていたような気がする。

『Ｖｏｉｃｅ』ＰＨＰ研究所　２０１７年５月号

いつも死別を考える

夫が亡くなってから、丸1年かけて家の中を片づけました。夫のものも自分のものも、部屋ががらがらになるほどにあらゆるものを捨てて、いまやわが家は道場みたいですよ。

夫はとくに趣味もなく、何もいらないという人でした。7畳ほどの部屋には、作り付けの書棚があり、そこに最低限の必要なものだけを置いていて、飾りなど何もない。小さな洋服ダンスがひとつありましたが、それも全部片づけてしまった。

30足の靴と洋服は、山谷（東京・台東区）でアルコール依存症の方の支援をしている団体に引き取っていただきました。

ネクタイはくたびれたものは処分し、親しい方に20本くらい引き取ってもらった。お使いになるなら、どうぞと。夫の蔵書には手をつけていません。

私の分と合わせて息子に託すつもりです。息子はいま関西に住んでいて、たまに顔を出してくれる程度ですが。

困っているのは、介護ベッドです。夫がこの先何年か自宅で老後を送るものとばかり思っていたので購入したのですが、届いたのは最後に夫が入院した日だった。

いまのところ、私の背中の痛みを和らげるためにマッサージの先生がいらした時に使うだけで、夜寝ることはありません。貰い手があれば差し上げたい。

もともと私は、捨てること、整理することが大好きなんです。戸棚を開けて、中に空気だけ入っているのを人に自慢したくなる。だって、気持ちがいいじゃないですか。「そんなの貧乏ってことじゃない」と笑われますが。

けれど、約1年半の介護が終わった直後から、そんなふうに片づけに勤しんでいたせいか、疲れが出たのかもしれません。

最近は、熱が出て一日中寝ていることも増えました。64年休みなく書き続けながら、この家で自分の母と、夫の両親、そして夫を見送りました。

その間、10年は日本財団の仕事をし、各国への支援にも多少関わりましたから、疲れるのも当たり前ですね。
少し休みたいのです。明日、あるいは1週間先に締め切りがあるという仕事は徐々に整理しようと思っています。

『婦人公論』中央公論新社 2018年9月11日号

自分一人が生き残る日の覚悟

一九四五年五月、私は大空襲の数時間後、焼けた直後の本郷の伯父の家に辿り着いたことがある。わざわざ見舞いに行ったのではない。母と私は北陸に行く列車の中で空襲に遭い、赤羽の少し北の見知らぬ町で列車を捨てて退避しなければならなかった。

地図もなく、当時は交差点に標識もなかった。夜の町を徒歩で、とにかく南へ行く道を辿り、やっと本郷まで辿り着いたのである。

伯父の家は表階段と裏階段のあるような大きな家であったが、完全に焼けて跡形もなかった。敷地の上には大きな青空が広がっていた、と書きたいところだが、空襲の翌日の東京の空はすさまじい火事の煙で、薄墨色にどんよりと曇っていた。

濃い煙の奥に、太陽が光を失ったまま、オレンジの実のように中空に浮かんでいた。泣き腫《は》らしたような目をした人々は疲れ切っていた。本当に泣いている人もいただろうが、目を煙でやられて腫れている人がほとんどだった。

伯父の家の焼け跡には、私と仲の良かったハイティーンの従兄《いとこ》が整理のために居残っていた。

「知寿子ちゃん（私の本名）に借りてたレコード、皆焼けちゃったよ」

と彼は私に言い、ひん曲って融《と》けた黒い塊になっているレコードの焼け残りを見せた。空襲の数週間前、私は遊びに来た彼に、私が持っていたわずかなレコードを貸したのである。それはくだらないものではあったが、当時の私にとっては一種のお宝であった。

彼はそれから「何もないけど……」と後で考えるとおかしな言い方をしながら、私たち母子に金物のザルに入っている薄汚い奇妙な塊をさし出した。

それは、私が生涯に「初めてで最後に」見た、「茹で卵」ではない「焼け卵」であった。

防空壕の一つに入れておいた貴重品の卵が、火で焼けて、丁度いい程度に黄身が固まっていたのである。お腹も空いていたので、私はさっそくその奇妙ないぶり臭《くさ》い味の卵をご馳走になった。

戦争中、その人の人生にどれだけの重みを持っていたかわからない財産とか家屋敷とかいうものは、そのようにして一夜のうちに焼失することを、まだローティーンの私は実感として知った。そうした体験がなかったら、私は人でも物でも、突然存在が失われることの奇妙な感覚に馴れたり、その現実を許したりすることができなかったろう。

まだ精神的に幼かった私は、世間で起きる重大な物事は（きちんとした理由のもとに、すべて周囲の人々の納得を得て）整然と起こるものだ、と思っていたのだ。

『納得して死ぬという人間の務めについて』ＫＡＤＯＫＡＷＡ

他人のことはわからない

家庭が奇形だったから、私は平凡な家を愛するようになった。見栄でそうなったのでもない。私は非常識な生き方をしている割には、平凡という状態は「偉大な安定だ」と心底感じていたからである。

私は子供の頃から生活に疲れていた。父との軋轢《あつれき》で始終寝込んでいた母を助けるために、大学時代にはほとんど毎日学校の帰りに、まだ当時は闇市風だったマーケットに立ち寄って、夕飯のおかず用の肉や魚を買って帰って来たし、下手ではあったが料理も、トイレの掃除もできた。

現在、私にはかかりつけのマッサージ師の女性がいるのだが、彼女が言うのである。

「この体は、実によく使って来た体だねえ」

「そう思う？　触るとわかるの？」「わかるよ。使える限り使って、もういつ捨てても惜しくない体だよ」

褒められたのだか、けなされたのだか、わからない。小説の原稿が売れ始めた頃、マスコミの誰もが私のことを「お嬢様作家」だと言った。だから人生の究極を知らねばならない小説など、とても書けないということらしいのである。私はそれに対して何も言わなかったが、他人の生活を知らない人は、黙っていればいいのに、と思っていた。

だから私は今でも「人物論」を書かない。少なくともその当人をよく知らない他人の場合は人のことは実録として書かないほうがいい。私のことだって、往時のマスコミ関係者より、マッサージ師の方が人間がわかっていたと言える。そしてその彼女が、私の体はボロ雑巾みたいにいつ捨てても惜しくないほど使って来た痕跡を残している、と言う。

事実私は、夫の死後ひどく疲れているのを感じた。いくらでも、いつでも眠れる。私は時の癒しというものを信じていたから、眠りによって時間の経過を稼ごうとしたのかもしれない。

私はかつて私自身が翻訳をしたリン・ケインという女性作家の『未亡人』と

いう本の中の或る個所を思い出していた。他のところはほとんど忘れているのだが、その部分だけ「これは大切な内容だ」と当時から思っていたのである。
それは配偶者の死後、残された者は、一年間くらい何もしないほうがいいということだった。急に転居したり転職したり、株に手を出したり家の修理をしたりするのは一切やめたほうがいい。多分、疲れ切っている「生き残り」はすべてのことに判断を誤る可能性が高いからだろう。私はまさに、その時期に該当していた。

『続 夫の後始末』講談社

家族が「欠ける」という実感

長い年月、私は家族と一緒だった。一人娘だったので、娘時代は父母と、結婚してからは夫と一人息子とである。家族の数は少なかったが、私はいつも誰かと一緒だった。

娘時代に育った家族は絵に描いたような穏やかなものではなかった。父が気難しい人で、母は私を道づれに自殺を考えたこともある。父は社会的には善良な人で、ただ人を許せないだけだった。表向きは気さくな「紳士」だったし、酒乱・女道楽・浪費などとは縁のない人だったから、母が家では不幸な暮らしをしているなどということは外見からは信じられなかっただろう。

母は六十歳を過ぎて、やっと念願だった父との離婚を果たし、八十三歳まで、私たち夫婦と暮らした。小説を書いて「主婦」の仕事を果たせない私に代わって、七十代の前半までは家政のほとんどをしてくれたし、子育て（母にとっては孫育て）もしてくれた。

少し歪んではいても、私の家はそれなりに自然な家族だった。私は母とは口《くち》喧嘩《げんか》もしたが、母を老人ホームに送ろうと思ったことはなかった。母は私以外の人と暮らしたことはなかった。

夫が亡くなった時、私は初めて家族が「欠ける」ということを実感した。普通の家庭ならそれまでに、娘や息子が進学をきっかけに下宿住まいを始めるとか、結婚して新家庭を作るという変化があるもので、私の息子も名古屋の私立大学に行ったのを機に家を離れた。

私はそれまでよく夫に「一人息子の存在に母親がしがみつくようになると大変だ」と半分冗談のように言われていたので、息子に取りつく母親にならないことだけを第一の目標にして来た。つまり成人したら、息子を親の存在（束縛）から放してやることが何より大切な義務だと考えていたのである。

以前から用心していたせいもあって、この一つの人生の転機はうまくいった。名古屋市のはずれの下宿に息子を置いて帰って来る時、「電話をひく仕事だけ間に合わなかったわ」と、私が最後に息子に言うと、彼は「電話くらい自分でひけるよ」と無愛想に答えた。あ、そうだった、もう充分に一人前の大人だったんだと思い、私は自分の「過剰関与」を今後は戒めなければいけないと、自分に言い聞かせたものであった。

聖書は、この子供の一人立ちに関して、次のような原則を簡潔に述べている。「こういうわけで、男は父母を離れて女と結ばれ、二人は一体となる」（『創世記』2―24）

つまり親子はこのような結末になることが正常なのである。しかし現代の都会生活の中では昔ながらの原則を自分勝手に変えることもできるから、必ずしもこのルールが守られていることにはならない。

世間の息子たちは自分に充分な収入があっても、炊事も洗濯もしてくれる便利な親から自立したいとは思わず、娘たちも給料をもらいながら自分の育った家にいれば、今まで通り家賃も、うまくすれば食費も払わずに済み、収入は全部自分のお小遣いになるという贅沢ができることを計算している。だから、独立の気運は少しも高まらない。

夫が健康な時だって、私は一人の夜がよくあった。夫が出かけている晩や、私が一人で海の別荘に行っている時である。夫は都会の暮らしが好きだが、私は始終喉を悪くしているので、地方の海岸のきれいな空気をありがたがった。それで私は時々、夫をおいて一人で海の家に行っていたのである。

しかし或る人がそこにいない、ということは、その人がこの世にいないと認識することとは全く別であった。

よく配偶者がいなくなった後、時々、その人はたまたま家にいないだけで今にも玄関のドアを開けて帰って来るように思う、と言う人がいるが、私はそんなことを思ったことはなかった。

目に見えるところに、その人がいるかいないかではない。完全な存在感の欠落である。私は、その欠落感になかなか馴れなかった。

『人間にとって病いとは何か』幻冬舎

ひとりになってから家はどう変わったか

朱門が家の経営に無頓着な人だったので、私は長年、自分ができるだけ、家の中のことをすべて管理するものだ、と思っていた。もっとも日本人のたいていの家庭はこのスタイルを取っている。

生活はいつも変化が基本である、と私は知っているつもりだった。変わらない家はない。息子や娘が大学へ行けば、一部屋はガランとする。孫が時々泊まり掛けで来るようになる家もある。嫁に行った娘は冷蔵庫の中のものを「収奪」に、始終やって来る。それで冷蔵庫の中のものが片づいて嬉しいという人もいれば、予定していた食材が取られてしまったと嘆いてみせる母もいる。

ヨーロッパから、男手の介護人を呼ぼうとしていた時、我が家では、その人のための一部屋を空けた。押し入れも空にし、日本人の家はこんなにもだらしがないか、とだけは言われないようにした。

しかし朱門が亡くなってしまうと、我が家の変化は明らかだった。その最たるものは、介護用のベッドだった。私は一年でも二年でも五年でも、朱門が家で老後を送るものと思っていたので、電動の介護用のベッドを買うことにした。それは皮肉にも、朱門が最後の入院をする日に届いた。それでも私はまだ、朱門が退院して来ればすぐ必要なものだから、「早目に届いてよかった」と思っていたのである。

朱門が亡くなると、梱包をほどいただけの新品のベッドは、主のいなくなった部屋の中央にあって、どうしようもなく場ふさぎであった。家の中はがらがらになるほど片づいた、と言いふらしている割には、このベッドの到来は、言いようもないほどぶざまなものになっている。

私はしかしこのベッドを捨てる方法も、二階に上げて自分が使う手段も思いつかなかった。

昔私は、『未亡人』（リン・ケイン著・文藝春秋刊）という本を訳した事がある。内容はほとんど覚えていない。わずかに記憶しているのは、ほんの一部、英語の「ウィドウ」という言葉は、サンスクリットの「虚《うつ》ろな」という言葉から出た語だということと、配偶者の死後一年だったか二年だったかは、大きく家の姿を変えてはいけない、というような忠告が書かれていたことだけである。

本当は疲れを取るだけでいっぱいの夫の死後間もなくに、世間にはなぜか、家の部分的改築や、家具の買い換えなど、かなり大々的にお金も体力も要る変化を敢行する妻が多いという気がする。

変えてはいけない、という原則の記憶の前に、今は使う人もなくなった新品の療養ベッドが持ちこまれていることには、あまりにも皮肉な気がした。

そもそも私は普段から、大型の家具を買うことには、恐怖に近い緊張を覚えるたちなので、記憶に残る範囲の近年の間には、何一つ新品の家具を調達していない。

しかし事情の変わらなかった現実はない。しかもその変化は必ず当事者の予期しないような方向に変わるのだ。

朱門のいた頃、私の介護の大きな妨《さまた》げになっていた背中や脚の鈍痛は、介護から解放されても、あまりよくならなかった。しかし激痛ではないのだ。

日によって痛む部分が変わるし、寝る前になると気になる程度の痛みなら、私は病気だとか故障だとか思わないことにしていた。私の場合、その原因になるかもしれないと思われる理由は二つあり、もともとからあるシェーグレン症候群のためか、それとも脊柱管狭窄症のためか、どちらにしても素性のわかった病変である。

私の残りの人生には、この程度のむしろ「喜劇的に人間的」と言っていいような故障だけが残り、書きたければ書き、怠《なま》けたければ怠けて生きればいい、ということになったのだ。

療養ベッドが一つ残されたおかげで、私はその部屋をどんな目的のために整えればいいかわからなくなった。昔なら、二十畳以上の洋室があったらダンスをしたものだという話が出て、その時代を知っている人たちで笑ったことがある。まだ「蓄音機」と呼ばれる機械を使っていた家が普通だった時代である。

それでも、私の周囲には、ダンスの好きな人が多かった。フォックストロットから始めて、ワルツからタンゴまで、真剣に習う人もいた。その頃、今の朱門の部屋ほどの「洋室」があったら、人々は早速集まってダンスパーティーを開いただろう。チークダンスという素敵なダンスが許されるなら、フォックストロットなんて習わなくても、ただぴったりくっついて足踏みをしていればいいようなものだ、と私は当時思ったのである。それなのに六十年経つと、空間を占拠するのは、最新式のこの「療養ベッド」だ。

しかし間もなく、私の背中の痛みは、ブロック注射と言われる脊髄の周囲や、付近の筋肉に麻酔をする療法でしのげることがわかった。朱門の訪問診療をしてくださっていた小林徳行《のりゆき》先生が麻酔医で、私の背骨の治療もしてくださることになったのである。

すると、このベッドが意外に役立つことになった。注射用に高さの調節できるベッドなど普通の家にあるわけはない。

「ことの成り行き」というのは、おもしろい言葉だ。成り行きを作るのは人間ではない。よくこういう場合、死んだ人が残された家族を心配して、都合のいいように計らって行ってくれた、などと言う人もいるが、私はそんなふうに思ったこともない。

ただ新しい部屋には、新しい使い道があることに私は感動した。新しい革袋に盛るのは酒だけではない。

私はよく、「このうちにあるものを、私は全部有効に使っているのよ」と少し得意げに言うことがあったが、療養ベッドまでもまさに同じようになったのは思いもかけないことだった。

『夫の後始末』講談社

夫のヘソクリで買ったもの

夫が亡くなって四カ月ほど経った時、私は雄の仔猫を飼うことになった。すでに体の大きさは一人前に近いが、まだしぐさに子供らしさが残る。

淋しいからペットを飼ったのではなく、夫がヘソクリとして引き出しの中に隠しておいたお金を見つけて、そのお金で直助という雄猫を買ったのである。

『自分流のすすめ』中央公論新社

空間には可能性がある

人にはいろいろな趣味があるらしい。刺繍をする人、漬け物に凝る人、子供を有名な学校に送らないと気の済まない人、庭に花を植える人……。

どんな趣味も、現在の日本では許されるところがいい。めいめいの懐具合や体力に応じての範囲なら、である。私は庭に花を植えるのも好きだが、他人から趣味と言われるほど凝る気力はない。

しかし眼には見えなくても、私が心理的にいつも関心を持っていることはある。それは自分の家の中に残しておきたいという微かな情熱である。

私の家はもう六十年以上昔、基本的には親が建てた家で、改築の時私たちの好みをかなり生かして設計変更をした。

その時、私は間数を減らしても、一部屋として大きな空間を作ることと収納の部分を取ることに執着した。

昔風に言うと納戸である。どうせ私のことだから未整理、買いすぎ、捨てられない物がいつもあるに違いない。それは仕方がないのだ。空間は変幻自在、その時々で使用目的を変えていいのだ。

しかしいずれにせよ、空間はなければならない。私たちの家でも空間を確保する、ということは基本的に大事なことだ。

夫が亡くなった後、私は一年と経たないうちに、片づけを始めた。夫の暮らした書斎その他を、そっくりそのまま記念に残したい、という人もいるが、そうした精神的なものは、すべて私の記憶の中に刻まれているから不必要だった。本の整理は私の体力に余るので、私が死んだら一緒に片づけて、と息子に託してある。

そのような基本が決まり、大体その線に沿って整理をしたら、かなり空間が増えた。私は時々親しい友人に空の戸棚を開けて見せ、

「ほら、家中空間だらけでしょう」と自慢した。友だちの中には、

「終戦直後だったらこういう家は貧乏って言ったものよ」

と言う人もいたが、私はいい気分だった。お金が増えたわけではないけれど、酸素の量は確実に多くなったような気がしたのである。

『自分流のすすめ』中央公論新社

緊張は体にいい

一人暮らしの年寄りのよさは、緊張にある。誰も助けてくれない。全部一人でやらねばご飯も食べられないと思うその緊張感が、体にいいのだと思う。

私の母の時代、体が不自由になると、すぐ嫁とかお手伝いさんが助けた。楽な時代だったのだ。朝は着替えを手伝ってもらい、足の爪なども切ってもらう。だから運動量はどんどん減り、筋肉は落ち、体も曲がらなくなる。しかし誰もしてくれなければ、私のように線維筋痛症かもしれないという痛みが出ている日でも、とにかく自分のことは自分でしなければならない。

人は倒れるまで自分のことは自分でやるのが原則だ、という覚悟がない年寄りが、今でもけっこういる。自分でできなければ、ほんとうは飢え死にしなければならないのが動物の運命なのだが、今の時代は組織がそれを助け、老人が楽に暮らせるようにしてくれる社会構造があるから、覚悟ができないのである。

私たちは今の時代に老人になれて幸せなのだ。ご飯を作りたくなければ、毎日駅前のマーケットでおかずを買える。宅配の食事はすぐ飽きるだろうけれど、それでもいざとなれば、飢えないだけでなく栄養も偏らないような食べ物を届けてくれる。

しかしそういう制度の存在が、私にいわせると曲者なのだ。人はいささか辛くても毎日、自分の食べるものを自分で考えて調達することが惚けない生き方に繋がる。

私は帯状疱疹にかかってまだ痛みの残っている時、続けて外国旅行に出た。遊びの旅なのだからいつもの通り一人ででかけた。旅はささやかな緊張を強いられる。パスポート、飛行機のチケット、お金やクレジットカードなどを管理し、団体旅行なら普通の参加者並みの速度で行動できるようにする。夜中に添乗員を呼び起こすような迷惑をかけず、羊の群れの平凡な一匹になるのを目的とする。

八十歳でも九十歳でも、高齢者は一人で出歩かせることだ。家族もそれをさせた方がいい。旅の途中で死んでもいい年なのだ。

認知症を防ぐには、要は緊張が必要だということだ。多分、緊張が血圧を上げ、詰まりかけた私の脳の細部に血を送ってくれる。もちろん緊張といっても、命の危険にさらされる難民のような「悪質な緊張」や、ＤＶに苦しむような毎日はよくないだろう。

しかし高齢者だからと言って、労《いたわ》られ、人任せにして、お金の苦労も泥棒や火の用心もしなくていいということはない。人間が生きるということは、普通の人がしなければならないことを最期までするという原則に従うことなのだ。

『老境の美徳』小学館

夫が亡くなってから変わったこと

夫が亡くなって一年経った今、私の家にどういう変化が残されたか、としきりに訊いて下さる方がいる。

外見的には何も変わらない。私たちは五十年前に建てた断熱材もなしの古風な家に住んでいた。しかし間取りは私が自分で決めたので、今もって何の不満もない。

ただ浴室の外にめぐらしてある竹垣が夫の死の頃すでにぐらぐらになっていた。それが壊れて新しいのにした。私が死ぬまでもう数年だろうから、この家はあとちょっと保たせられればいいのである。

大きな変化といえば、我が家に猫がいるようになったことである。夫は決して動物嫌いではなかった。しかし今、家の中で大きな顔をして家族のように暮している二匹の猫たちを見たら驚くと共に喜ぶだろう。どうして夫の生前に猫を飼わなかったのだろうと思う。

『WiLL』ワック2018年4月号

第四章

暮らし
食べ物、お金、
のこと

料理に執着しない

先日、山梨県の「ほうとう」の話が出た。実は私は未だにほんもののほうとうを食べたことがない。総じて麺類よりご飯が好きなのと、ことにお汁をかけた麺に弱いからチャンスがやって来ない。

するといろいろな人がほうとうに関する個人的な体験談をしてくれる。

「必ずカボチャを入れるんですよ。だから薄甘くて優しい味になります」

「山梨の町の食堂で初めて食べた時、鶏肉の一切れや二切れは入っていると思ったんです。だけど最後まで野菜ばかり。それでけっこう高いの」

菜食主義者だったら、そんなすばらしいことはないのだが……それらの雑音を一応聞いてから、私は象を見たことのない子供が象を描くのと同じことをしてみることにした。食べたことのないほうとうをうちで作ることにしたのである。中心のカボチャに、ゴボウ、ニンジン、ネギ、生シイタケ、キャベツ、ダイコンを山のように入れ、うすあげも五枚ほど。うちでは鶏も入れて土鍋でゆっくり煮ることにした。

問題は「ほうとう」そのものが手に入らないことだ。どんなふうな形や薄さや長さの麺なのか、想像もつかない。それで讃岐うどんの冷凍を使うことにした。麺が好きではないので、讃岐うどんは乾麺でも買っていなかった。それなのに、最近我が家では昼食に麺類が多くなったのは、一時食が細って死ぬかと思った朱門が、麺類なら、ほぼ一人前食べるのがわかって、私はいやいや妥協することにしたのである。

讃岐うどんは元々、茹でるのに時間が長くかかると聞いていたので、手抜き料理の専門家である私は、最初から茹でる手間を省くことにした。コンビニで冷凍の讃岐うどんを買って来たのである。それでも、実においしいほうとう風野菜汁うどんができた。ご本家に申しわけないから、以後決して「ほうとう」とは言わず、ただ分類上「ほうとう風」ということにした。

私は本家にも元祖にも執着がない。今日生きるのに楽しければ、権威はなくても、最初からニセモノだとわかっていても、それでいいのである。しかしいっしょに食事をしている秘書の印象によれば、この料理は、ほとんど完璧に栄養の材料が揃っていておいしい、という。しかも手がかかっていない。細い火で煮ているだけだ。だしとしてはお得意のティーバッグ方式や粉のだしをたっぷり入れてあるし、塩は私のコレクションの中からイランとブラジルの岩塩を使った。もう一つけちな発見を書いておくとすれば、土鍋に残ったこの「ほうとう風」を、私たちは夜再び食べることにした。私はかなりみみっちい生活をしている。俗にだらしないものの表現として、「煮くたらかしたうどんみたいな」という言い方もある。しかし冷凍の讃岐うどんは少しもとろけていなかった。これには驚いた。

『私日記9 歩くことが生きること』海竜社

手抜き料理を定着させる

やっと静かに家にいられる日々。部屋を片づけ、台所の残り野菜を始末し……今年初めてガスパーチョ（スペイン風冷たいトマトスープ）を強力な二枚刃のミキサーで作った。このスープは完熟したトマトが手に入らないと美味しくならない。いろいろな人がさまざまな作り方を教えてくれたが、私は結局、自分流の一番手抜きしたレシピを我が家に定着させた。それでも朱門は、このトマトスープでいいと言う。トマト、タマネギ、ニンニク、キュウリ、ピーマンだけでなく、酢もオリーヴオイルもたっぷり体に取り込めるのだから、いいとしようと私は便利に感じている。

『私日記9　歩くことが生きること』海竜社

寿命が来たらそれで終わり

今暮らしている家はオフィスも兼ねており、二人いる秘書のうちどちらかが、昼間うちにやって来ます。また、長年一緒に暮らしてくれているブラジル生まれのイウカさんという女性がいます。他人ですけど家族ですね。

わたしは2017年に夫を亡くしましたが、常に一つ屋根の下に人の気配があるため、それほど寂しさは感じません。しかも夫の死後、二匹の猫がうちにやって来たので、それなりに賑やかです。

毎朝5時半に目を覚まし、7時までは自室でニュースを見るなどして過ごします。7時半頃、コーヒーを淹れてイウカさんと朝食を食べ、その後、書斎で原稿を書きます。昔は1日に10時間、長いときには15時間くらい書いていましたが、さすがに最近は、身体に鞭打ってまで書こうとは思わなくなったので、午前中で切り上げることが多いですね。

気障に聞こえるかもしれませんが、小説にしろエッセイにしろ、私はこの65

年間で一度も、「書くことがない」と思ったことがないのです。今でも常に書きたいことがあります。

昼食は通常、イウカさんと秘書と三人で食べます。午後は、隣町まで食材を買いに出かけることも――自分のことを魚の目利きと思っているので、人に任せたくないのです。夕食もイウカさんと一緒です。この歳になり、ともに食卓を囲む人がいるというのは、恵まれていると感謝しています。

三浦半島にも家があるので、月に2、3回は海の空気を吸いにそちらに出向きます。2、3日滞在することもあれば、1泊で帰ってくることもある。じゃがいもや菜っ葉を植えているので、行くと収穫をし、近くの港に揚がった新鮮な魚を買って帰ります。

せっかくイキのいい魚が手に入ったのだから、「食べに来ない？」と友人に声をかけることもあります。

昔から食べることと料理が好きで、面倒と思ったこともありません。材料を見たら、何を作ろうかパッと思い浮かびます。お惣菜を買ってきてすませることは、まずしません。

新鮮な材料を使い、手をかけすぎずに食べるのが一番。昼食は一汁一菜にお漬物くらいで、夕食は小鉢などを添えて。動物性たんぱく質と野菜のバランスは意外にいいんですよ。

私は一時期、失明寸前になり、50歳で目の手術をしました。また持病として、膠原《こうげん》病と関係のあるシェーグレン症候群という病気を持っています。それ以外、とくに悪いところはありません。

60歳を超えてからは、人間ドックも定期健診も受けていません。「レントゲンによる被ばくがないから元気なのでは」などと冗談まじりで言われることもありますが、自分としては健診の必要性を感じていないのです。

人間誰しも、寿命が来たらそれで終わり。もう88ですから、それがいつ訪れてもおかしくありません。そうなったら、その運命に従うだけです。

病院には滅多に行かないかわりに、独学で自分の体質に合った漢方薬を見つけて、飲んでいます。ただし煎じて飲むのは面倒だし、続かないと思い、錠剤タイプです。
さほどストレスもためず、規則正しい生活をし、健康的な食生活を続けてきました。ですから食生活が乱れている若い方より、免疫力では勝っているかもしれません。さもなければ、コロナウイルスが私を避けて通っているだけでしょう。

『婦人公論』中央公論新社　2020年10月13日号

お金をかけずに美味しく

人間の生涯は狡さと卑怯さの連続だ。

私は今家の中で、時にはイウカさんと二人だけの、時には秘書も交えた賑やかな食事をしているが、そもそも毎日誰かが、食事の用意をすることだって、考えようによっては、狡さと卑怯さの結果である場合が多い。

つまりできるだけお金もかけずに、しかしおいしく栄養的にも偏らない効率的でいて豪華風な献立も作ってみせようとした結果だ。

もっともプロの料理人は違う。彼らは基本を大切にしていて、効果だけ狙うような浅ましいことはしない。しかし私は、食に関しては妥協的生き方をすることにしている。

つまり我が家の一坪菜園で採った小松菜も食べているが、近隣の国から輸入していると思われるキャベツやイチゴもありがたく食卓に載せている。私の食生活の原則は「科学的原理」に則っているようでもあり、もっと単純に「空腹を満たせる安上がり」を目指しているようでもある。どちらに対しても本気なのだが、純粋にはなれない。つまり妥協点をみつけようとしている。
そう考えてみると、私は「死なない程度」の不摂生を自分に許したいのだろう。

『波』新潮社2019年2月号

九十歳の「台所飯」

二十五日、聖心の同期生三人うちで昼ご飯。もう少し正確に言えば、我が家の「台所飯」を食べに来てくれた。キッチンで人に食べさせるということは、母の時代には考えられなかったことだろうが、実に楽なことだ。九十歳になっても「台所飯」なら、人にごちそうできそうな気がする。

中の一人が、うちの玄関に置いてある車椅子を「あら便利ね」と使ってくれたので、ちょっといい気分になれた。うちでは車椅子が玄関に近い所に常備されている。

『Ｖｏｉｃｅ』ＰＨＰ研究所２０１９年12月号

薄気味悪くも気楽なとき

ヨーロッパから遊びに来ている友人と一緒に長崎へ飛んだ。伊万里に共通の友人がいて、伊万里焼のビジネスをしている。今さら焼物を買う目的でもないのだが、何となく陶器を見られるというと心が惹《ひ》かれる。

焼物もいいのだが、私の目的の一つは、近くにある鯉《こい》料理屋さんに行くことである。龍水亭というお店で、町中から離れた山間の渓流の水に一週間以上鯉を放して、泥臭さを抜くのだという。長崎までわざわざ鯉を食べには行けないのだが、ついでがあれば必ず立ち寄る計画を立てる。

もう陶器は買いません、と自分で戒《いまし》めているのに、やはり小物を二つ買った。一つは香水吹きと見えるお醤油注ぎで、おひたしなどにお醤油が噴霧状にかかる。しょっぱくならなくて、なかなかよくできている。

もう一つは猫の水呑み。底の方が広がった円形のもので、まずひっくり返らない。もっとも本来の使用法は、どなたが何を入れてお使いになるものかわからないが、多分大きな男の手でぐいと摑み、並々と入れたお酒を飲む酒器のような感じだ。猫の水呑みにしても、プラスチック容器ではなく、こうした伊万里のものを置くと、家の中が落ち着く、と感じるのが私のおかしな趣味である。
帰りに長崎からの飛行機で羽田に着いた時、一瞬自分がどこから帰ってきたのかわからなくなった。京都でも大阪でも福岡でもない西の方から飛んで来た、ということはわかっているのに、長崎という地名の認識ができない。こういうふうに、まだらにボケて行くのかと思うと薄気味わるくもあるし、気楽でもある。人間はどこから来てどこへ行こうと、つまりその日生きていれば存在しているのだ。

『Voice』PHP研究所 2018年2月号

「酸素の多い部屋」が好き

私は相変わらずの毎日。理由なく、凄まじくだるいのは続いているが、たちの悪い病気なら、もうとっくに起きていられなくなるだろう。しかし家の中はますます片づき、ものは減って、朱門のいる部屋など、道場に見えるくらいになって来た。しかし私はこういう「酸素の多い部屋」が好きだ。

庭にはそこそこ花も咲いていて、小さな花瓶にいけるだけの花はあるし、我が家の名物となった伸びすぎたレタスとほうれん草もある。レタスは高さが七、八十センチになった。でも幹みたいになった芯を落として葉をちぎれば、新鮮この上ないリーフ・レタスだ。

『Voice』PHP研究所　2016年8月号

捨てることが大事

景気がよかろうと悪かろうと、世間の風評で一家が動かされることはありません。

たとえあなたや私が意気込んでお金を使ったとしても、世の中の景気は別によくなりません。ですから気軽にケチを通すか、あるときは周囲の顰蹙《ひんしゅく》を買っても豪遊するか。自分の判断で決めればいいことです。

我が家では、夫は昔からずっと徹底してケチ。私は買いたいのですが、物が増えると掃除のときに困るので、最近では買わないことと捨てることに情熱をもっています。

『曽野綾子の本音で語る人生相談』大和書房

気持ちいい状態を選ぶ

自分のために買ったマッサージチェアを私は夫に占領されてしまったが、これは意外と効果のある家具だということがわかった。何しろ歩くことが極度に少なくて、当然運動不足になっている下肢や背中を、夫はほとんど一日中揉んでいるのだから、ある程度は、血液の循環を助けることになったらしい。

あまり一日中、マッサージ機能を使い続けているので、私は揉み玉が当たる部分の皮膚が傷《いた》むことを恐れたが、それでもその方が気持ちいいというので、あまり厳しく止めることはやめた。何と言っても九十歳なのだ。不都合が出ても、それに困る人生の残り時間も長くない。後は、現在気持ちいい状態を非常識に選んで生きればいい。

彼のベッドから三メートルほど離れたところに、私が使っていた普通のソファがあった。これは病人ができてからは、かなり便利な家具として再評価された。夫が退院してしばらくの間、私は毎夜、そのソファに寝ていたのである。

飛行機のファーストクラスくらいにはリクライニングするので、それなりによく眠れる。そうすることで私は夜中の夫の動きを観察することにした。動物学者たちが、夜中にライオンなどの生態を観察するのと同じやり方である。

相手がライオンと違ってかみつく危険もなく、アフリカのサバンナのテントと違って私のソファは実に気持ちいいのだから、楽なものだ、と私は自分を楽しくする方法にも熱心だった。

ソファの傍《そば》に、使っていなかった移動式の台を持って来て、読みたい本や、手を入れなければならない校正刷りなどを置くことにした。そこに宇宙基地みたいな、私の小世界が出来た。

朱門は朝、六時半頃食事。スープ、果物、コーンフレークス、温泉卵などのうち気の向いたものを食べる。

十時頃、ドクターからもらっている甘い飲み物を一缶、冷蔵庫に入れておいて飲む。水分と必要栄養素の入ったものだという。お昼は麺類。三時にまた飲み物。夕方お風呂かシャワー。入浴は毎日ではなく、週に二回。一回は専門の介護士さんが入れてくださる。
私は相変わらず、自分が相手の重みを支えきれなくて、すべって頭を打った記憶が抜けないので、浴室恐怖症が治っていない。だから私だけの時は、シャワーでカラスの行水《ぎょうずい》をさせるだけである。しかし「少しくらい垢《あか》が残ってたって死にやしない」という例の呪文を唱えて、それでいいことにしている。

『夫の後始末』講談社

絶品の手抜き料理

朝、テレビをみていたら七草粥の行事を報道していた。場所は書きとめなかったのだが、どこかの学校の子供たちが、空き地のようなところに出かけて七草を採集していた。現在の一月七日の七草粥は、旧暦でないから、季節が早すぎて、自然の野草はまだほとんど生えていない。

それでも熱心な先生が、実地に七草の特徴を教えておられる。羨ましいような教育実習である。

ところが画面で見たところ、煮あがったお鍋の七草粥は、ところどころ、僅か青いものが浮かんでいるだけで、ちょっとかわいそうだった。でも、栄養学などというものを知らない時代の日本人が、こうしてあらゆる機会に本能的にビタミンを摂っていたのかと感心させられる。

しかし、そこで即物的な私は突然奮起した。もう朝飯には間に合わないが、昼食に七草粥を作ろうと思ったのである。もっとも私の性格は何でもめんどくさいことはしたくないので、正式の七草を買いに行ったりはしなかった。

私は庭で畳五枚分ほどかと思われる土地に畑を作っていて、秋口に様々な葉物の種を蒔いてある。リーフレタス、ロケット（サラダにまぜる）、水菜、ほうれんそう、小松菜、のらぼう、べんり菜などである。その他、改良して素敵な名前はついているのだが、ひとに聞かれてもよく分からない新種のお菜もある。

それらを片端から引っこぬいたり、つまんだりしてきた。「リーフレタスも入っていますが」と言われたが「レタスを煮たってかまわないのよ」と言っておいた。菜っ葉は十種類近くなった。十草粥だ。

家人のやや非難がましい視線をものともせずに、手頃な大きさの土鍋にたった一カップほどの米を洗い、一時間はそのままにしておいた。それから、私が手抜き料理用に愛用しているダシと、岩塩を少し入れ、弱火で三十分焚いたら、とりあえずすばらしいお粥だけはできた。

それから採っておいた青菜類を、5ミリ程に切ったものを笊《ざる》いっぱい入れた。

蓋が閉まりにくいほどだったが、一、二分でそれらは、すぐ馴染んで、緑滴る翡翠色の混じったお粥になった。

そのお粥を食べた秘書に言わせると、絶品なのである。とにかく土から抜いてきたばかりの新鮮な菜っ葉の美味しさである。

『Voice』PHP研究所 2015年4月号

料理の味付けは健康のバロメーター

毎日、昼ご飯が済むのを待ちかねて眠り、目覚めてから少し原稿を書き、今日はおから炒りを作った。先に鶏の挽き肉に味付けをしておく手順を忘れたが、ゴボウは我が家の庭で育てているものの「うろ抜き」だから、見かけは細いけれど、香りはすばらしくいい。

体に元気がないと、味付けも時々狂うから、料理は健康のいいバロメーターだ。できたおからはまあまあ。私は昔から、ほんとうに人生の失敗をごまかすのがうまいたちだった。

『Voice』PHP研究所　2015年1月号

いちいち戸棚にしまっていられるか

いつか、どうして日本人の家の台所はごちゃごちゃしているのか、という話が出た。アメリカやヨーロッパに詳しい人の話によると、彼らは一切の調味料を毎食後、戸棚にしまうのだという。しかし私はそんな面倒くさいことをしていられない。

第一私は「手抜き料理の家元」なのだから、かつおぶしの出汁の取り方も知ってはいるが、さまざまな液体や粉の「出汁」を全国から買ってある。調味料もみりんや醬油の類を数種類、中国のトウガラシの類も備えて使いこなしているが、それらの瓶がガス台の周囲に林立している。そんなもの、いちいち戸棚にしまっていられるか、と私は思う。それに一部の女性たちは、日本人でも外国人でも、台所を汚すのが嫌さに料理をしないという。そんなのは本末転倒だ。そういう事情を分かってくれる人だけを台所に通すことにしたら、人を呼ぶことが少しも億劫でなくなった。

『私日記8 人生はすべてを使いきる』海竜社

掘りたてもぎたてのおいしさ

この冬の初めのことであるが、私の家におから煎《い》りの好きなお客さまがみえた。私の家のおから煎りは、金目鯛の煮付けの汁で味をつけるのである。だから出来上がりは汚い色になる。

料理人が作るとお醤油などをあまり入れないから黄金色《こがねいろ》の美しい色に仕上がるが、私のおから煎りはかなり茶色になっていて、決して美しいものではない。しかし金目の煮汁で味付けしたおからというものは、それだけで絶品になるのである。

さらに幸せなことに、その日、偶然私の家の庭で、鉛筆ほどの太さと長さのごぼうが三本採れた。ごぼうとしては、まことに惨《みじ》めなものである。しかし、この掘りたての細いごぼうは香りも味もいい。細かく切って、人参、日本葱《ねぎ》といっしょにおからに入れる。

私は、世の中にはさまざまなごちそうがあっていいと思う。見た目に美しい料理というものも——私はあまり好きではないが——、それなりに一つの立派な芸術である。しかし世の中には、そうした料理を始終食べているからこそ、私の家に来て、海山の幸をいっしょにしたような金目の煮汁で味つけした掘りたてごぼう入りおからなどというものを食べたくなって来る人もいるわけだ。どちらも威張《いば》ることもなく、卑下《ひげ》することもないだろう。

私の家では、今年、巨大なカリフラワーが採れた。ちょっとした団扇《うちわ》ぐらいある大きさのカリフラワーである。たまたまそこにいた一人の知人は、

「僕は夜、この生のカリフラワーにちょっと塩をつけて、それで焼酎を飲むんです」

と言う。それは暗にカリフラワーは茹《ゆ》でないで、そのまま出したほうが今日のお客さまにはいいという意味のことだったろうが、私は食べてみて、やはり茹でないカリフラワーはあまりおいしいとは感じられなかった。しかし植物がその特徴を示してくれるのは、新鮮さである。掘りたてもぎたてのおいしさは、どの野菜にとっても絶対なものだ。

じゃがいもは、日本では、三度採れるらしい。夫の母は新潟県の生まれだが、じゃがいものことを三度芋と呼んでいた。しかし我が家では、じゃがいもは二毛作である。そして春に採れるじゃがいもとは別に、暮れから正月の頃にかけて新じゃがの味を満喫する。
こう言う新しい芋は、どんな料理をするよりもおいしい。皮付きのまま洗って、茹でただけで食卓に出す。それに塩だけの人、バターをのせる人などさまざまいるのだが、銘々《めいめい》の好みにしたがってちょっと味をつけただけで食べるのが一番おいしい。

『人は皆、土に還る』祥伝社

安くて美味しい鰯

私は始終、鰯《いわし》を煮る。夫は塩焼きが好きだけれど、私は醬油と砂糖で煮る。鍋の中で虹色の脂の衣をうっすらとまとった鰯が光りながら並ぶ。私は私の煮た鰯を、家族や恋人に食べさせたい。

これは私の好意の告白の印。というほどではないし、海辺の鰯は、発泡スチロールの皿に山盛りでも一山四百円もしない。しかも鰯はうろこを取る必要もない。内臓を出してすぐ煮られる。野良猫が時々、感度のいい鼻で、その新鮮な匂いを嗅ぎつけて、ガラス戸越しにうちの台所を覗く。

『新潮45』新潮社 2014年12月号

修道院時代の残り物野菜スープ

私が強烈に印象づけられ、習慣として定着させられたのは、週に一度、残り物の野菜で作ったスープが出ることだった。今の人たちがいうミネストローネ風の味である。誰にも解説されたことはなかったが、私たちはそれが野菜籠の中で余ったすべての野菜をたたき込んだものだとわかっていた。しかしそれは、雑多な故に味わいも深いものであった。

修道院のメニューは、そうじて残り物をうまく使っていた。時々日本風に言うとコロッケも出たが、その中には明らかに昨日のご飯の残りと思われるものも入っていた。後年私はイタリアに行き、町で売っている立ち食いのコロッケに大量のご飯が入っているのを発見して懐かしくなったものである。

戦前には、毎金曜日は、イエスが十字架につけられた日だというので、小斎《しょうさい》日と言われ、贖罪のための犠牲を払う日だった。大した犠牲ではないのだが、食卓に肉類はなく、代わりに魚料理が出た。きっと魚はまずいもの、となっていたから、犠牲を払っているという感覚になったのだろう。日本人だったら、鮮魚のメニューはおいしすぎて、犠牲を払っていることにならない。

事実、外国人のシスターたちは、魚料理をあまりよく知らないらしく、毎週煮くたらかしたような鱈の料理ばかり出たので、皆うんざりしていた。しかし第二次世界大戦開戦前に、既に私はそうした外国人の習慣と食物の選び方に馴れさせられていた。すばらしい教育だったのである。

食物は一番直截《ちょくせつ》に、その国を表す。外国人のシスターたちは、祝い日にはお赤飯を出すという日本の習慣を愛情を持って取り入れたが、同時に優しいシスターたちは、それに自分の文化の祝福を加えることも忘れなかった。

彼女たちは或る日突然お赤飯の上にチョコレートをかけることを思いついたが、これは私たちを当惑させ、まだ大人ではなかったので、こうした伝統の崩し方に対してどうしても寛大になることができなかったのである。

しかし残り野菜のスープの教育は大きかった。今でも私は同窓生の家に行くと、よくこの手の香りのいい野菜スープを出されるのに感動することがある。

一度、野菜籠の始末をするという習慣を覚え、かつその味がいいことを知ると、娘たちはそれを一生の習慣にして、結果的にはその味を次代にまで伝えるのである。

英語で「残り物」のことを「レフトオーバー」と言うのだが、この単語には「時代錯誤の遺物」という意味もあるという。食事の食べ残しを大切にするなどということを、むしろ「時代錯誤の遺物」と感じる世代も戦後育ったような気がする。

しかし私の場合、冷蔵庫の中の残り物を一瞥《いちべつ》して、それを甦らせるということは一種の創作の喜びに通じた。あの頃、私たち子供は、修道院の残り物料理を「ご復活料理」と呼んでいた。もちろん上級生から教わった一種の悪口である。古い食べ物が姿を変えて別の料理になって出て来る。それをキリストの復活になぞらえて言ったのである。

しかし作家はいかなる人生の断片からでも、それを作品に作る。ことに私の場合。短編はほんの一瞬の光景の中で生れるが、それは冷蔵庫の中を見て、残った奇妙な取り合わせの残り材料を一瞥した瞬間に、それらをすべて使ってまったく新しい料理を作る一種の創作の楽しさと実によく似ている。

私は今、週末を時々海の傍の家ですごしているが、そこは完全な農村で、我が家の地続きはすべて畑である。都市近郊型の農業は、一年を大根、キャベツ、西瓜ないしは南瓜栽培で廻している。

今はそろそろ大根が終わりという季節だが、都会人が一様に胸を痛めるのは、山のような大根が畑にいとも無造作に捨ててあることだ。わずかに傷ついただけでも、長さが長すぎるか短すぎるだけでも、もう農家は「三浦大根」のブランド名のついた箱に詰めて出荷するということをしない。

大根は先っぽが少し二股に割れたり、タヌキがほんの一齧りしただけでも、もう売り物にならない。しかしそこだけ切り捨てれば、ほんとうは全く問題にならずに食べられる。自分の好きな長さに切って干せば、切り干し大根として甘さが増す。

「もったいないですねえ」

と誰もが言い、私も、

「拾わせてもらってもいいのなら、拾いたいと言う方が多いんですけど」

と言うが、畑の持ち主の許可も得ずに、たとえ傷物でも持ち去ってはいけないように感じて拾えないのである。

捨ててあるものを拾ってはいけないのか、誰もよくわからないのだが、そんなことをすれば、まともな大根が売れなくなるということもあろう。たとえ廃棄物でも、それには所有権があると見なすのか、とにかく心理的な障壁があって拾えない。だからカラスが少しずつ齧り散らして、それで朽ちる。

大根の本体もだが、葉っぱも捨てて顧みられない。或る時、私は胃潰瘍《いかいよう》などを繰り返して青汁療法をしているという奥さんに会った。その人が一番求めているのは、生ジュースを取るための大根の葉だった。都会のマーケットで売る大根には、殆ど葉がついていない。

しかし産地で売っている大根は、長さ十センチほど茎というか葉の部分をつけて切り落とし、後の葉はすべて捨てている。大根は重いしかさばるから、少しでも重量を減らしたいのだろう。それがゴミの山になっている。
しかし私の家では、ご飯を食べて行ってくださるお客さまが一番喜ぶのが、この大根葉を軽く油で炒めて、お醬油ととんがらしで味つけしたものだ。それを熱いご飯にかけて食べる。おいしいものは必ずしも高価なものではない。捨てるような大根葉がそれを教えてくれている。

『新潮45』新潮社　2016年4月号

味に主張のあるものを食べたい

家に帰ると、朱門、やはりご飯を食べる。病院では、お盆ごと、「突っ返す」ようなこともしていたらしくて、私は申しわけなかったものだ。病院のご飯は決してまずくなかった。私は一度味見をしたことがあるのだが、なかなかよくできていた。ただ、別に刻み食という指定もなかったのに、歯ごたえのないような、しかも薄味のものばかりで、朱門のように消化器の手術をしたわけでもない患者には、何を食べたのか、記憶にも残らないのかもしれない。今に欧米式の病院のシステムが輸入されたら、日本の病院は、どこも総崩れに負けるような気さえする。

ほんとうにすべてもったいなくできているというほかはない。あれほど、誠実で腕のいいドクターと、あれほど技術もあり、美人で優しい看護師さんたちが揃っているのに、入院が楽しくないとは何ということだろう。

私は退院後の患者を引き受けてかなり忙しい。薬があまりにも多いので、元々事務的な才能皆無の朱門はそれを飲めない。毎食薬を飲ませ、お風呂に入れ、廊下を歩く時には転ばないように付き添い、夜十時に最後の睡眠剤を飲ませるまで、片時もゆっくりする暇がない。しかし退院に備えて、私は徹底して家の中を片づけた。あるべきものだけが、整理しておかれている。これでかなり仕事は楽になり、その工夫が一種の楽しみにも思える。

今回のことで、病院から、介護保険の制度を使ったらどうかと言われて、その手続きをした。退院すると、訪問してくださるドクターもお願いできるという。それだけで私はうんと楽になる。転びやすい病人を病院に連れて行って、長い時間待って外来の診察を受け、処方箋を頂いて来ることは、老付き添い人をかなり疲労させる。その解決もこれで少し見えたとなると、ほんとうにありがたい。

二十八日には、私たちが将来行こうと決めている近くの有料老人ホームからも、いろいろと親切なアドバイスを受けた。差し当たり一日昼間短時間、朱門を連れて行った。そしてまず下の食堂で初めてご飯を食べてみた。

緑と池の見えるすばらしい食堂で、男性ばかり数人が同じテーブルでざる蕎麦を食べていらっしゃる。まだ活動的な、若々しい感じの方たちである。初対面の方も、眼が合えばお互いに黙礼している。いい空気であった。

私は初めてなので洋定食を採り、給仕の人に言い訳をして、朱門と半分ずつ食べた。二人ともそれ以上食べられないのである。

しかしこの最初の食事で、私はここへ移り住んでも、多分できる限り毎食自分でご飯を作るだろう、と思った。病院食とそっくりの味なのだ。私のような古い下町風の田舎者の舌には、何を食べたかわからない。毎日こういう料理だと耐えられないだろう、と思うのである。しゃれたジェリーなど添えられていなくても、もっとしっかりした味付けの野菜を食べたい。この手の奇妙な上等風料理が、最近の健康志向の老人食だとしたら、悪い流行だ。体に悪くてもいいから、老年は味に主張のあるものを食べたい。

『Voice』PHP研究所　2015年10月号

キッチン鋏が大活躍

二十一日に私が注目したのは、日本で糖尿病が強く疑われる成人の患者が、二〇一六年に全国で一〇〇〇万人に上ったという報告である。前回の調査が行われたのは二〇一二年でそれから五年間に五〇万人増えた。

糖尿病は遺伝的体質もあるらしいが、何より過食がその理由になる。私は自分が食いしん坊だから、他人が食べているのに自分が食べないでおくことがなかなかできない。

しかし最近では、鋏《はさみ》でほんの少し切り取ってお相伴することで満足している。古い私の家では、昔は台所や流しに鋏が置かれることはまずなかった。しかし今では流しのそばにもテーブルにもキッチン鋏が備えられていて大活躍している。

多分これはアメリカから入ってきた知恵で、私には若いころ、台所で物を切るのに鋏を使うという発想がなかったのである。しかし最近では、家族だけの時ならステーキも鋏で快いばかりに小さく切って食べている。

糖尿病は実に怖い病気だ。

痛くもないのに四肢の運動に故障が出たり、目が見えなくなったりする。しかし薬がなくても食べる量を少し減らせばいいのだ。この習慣を一家の中でつけないというのは家族の健康を守る気持ちが全体にないような気がする。

『Ｖｏｉｃｅ』ＰＨＰ研究所　２０１７年12月号

鳥の食べ残しは捨てられない

ノボタンの紫色の花弁が、庭に散り敷いている。畠は茄子とトマトの最盛期。最近私の家では「貧乏人のスープ」と名づけられたスープが流行っている。鳥が突っ付いて食べ残したトマトの残りの部分を捨てずに使うのだ。傷ついた部分を取り除いたトマトは皮をむく。ニンニクをオリーブ・オイルでいためて、玉葱とトマトを加えて充分に火を通す。水を適当な量だけ加え、粉のスープの素を入れる。煮上がったところで塩味を調え、庭の青じそを細く切ったものを散らす。パセリができていないので、青じそにしてみたら、これがまたおいしかった。野鳥は野菜のいいのだけを食べる。だから鳥の食べ残しは捨てられないのである。

『Voice』PHP研究所　2006年10月号

長く立っていなくて済む献立

私はこんにゃくに牛蒡と牛肉をちょっと加えた煮物と、金目鯛の頭のあら煮を作る。ポテトサラダと中国春雨のあえ物はイウカさんが作ってくれた。とにかく長く立っていなくて済むものだけ作っている。午後からスズキを買いに行った。活魚屋さんのご主人が「たった今、いいカツオが入ったんだけど。たたきにどう？」と聞いてくれたが、暑い時にはなまものは出さないことにしている。二十日漬けておいたブタ肉のみそ漬けは出し忘れた。

暑い中を来てくださった方たちを、あちこちにお引き合わせする。来年は生きているかどうかわからない。多分生きているだろうが、私が私でいるかどうかはわからない。いや、もう今でも変質しているかもしれない。その危うさが、今この時を輝かせてくれるように思えるから不思議だ。

『Ｖｏｉｃｅ』ＰＨＰ研究所２００６年10月号

料理をすると惚《ぼ》けない

先日お会いした脳科学者の茂木健一郎先生によると、料理をし続けている限り、特段のことがない限り、人は惚けないで済むという。自分の餌を自分で得られれば、動物としても群の中で一人前でいられるということは自明の理である。

体の悪い人は仕方ないが、今はこうした基本的な生活の仕方までがくずれている。まだ二十代から中年の主婦たち、自分でマーケットに買いに行ける体力のある老年、念願の三食つき有料老人ホームの生活を手に入れた人たち、全部が自分で料理をしなくなった。料理は、コンピューターのような脳内の機能を使う総合的な労働なので、こんなに早く「脳力」を放棄したら、みすみす老化を早めるようなものなのだが、その危険性については、誰もほとんど真剣に考えない。

家の中の片づけができない人も、精神的な病気だ、という考え方が最近あるという（もっとも最近の医学は、今までなかった病気をやたらに発見し、登録するから、最近俄かに数百の病名が増えたので、「もう覚えるのは止めた」と秘かに言っているドクターも知っている）。

片づけには分析と分類の能力は確かに要る。それプラス、人生に対する諦めという単純な悟りがあれば、誰にでもできるはずだが、それが働かない人が多くなった。

私は片づけ魔である。時には必要なものまで捨ててしまう。私は部屋や戸棚の空間が大好きだ。空間があれば新しいものも買えるし、知識も詰まりそうな気がする。そうして私の死後、遺族が少しでも片づけものに時間を取られずに済めばすばらしい、と考える。

『ＷｉＬＬ』ワック２０１１年１月号

家事や料理をし続けることは大切

先日、老人ホームの経営者の人に会った。私も家をたたんで老人ホームに入ることを考えないではなかったが、最近はやはりできるだけ自分の家に住みたい、と考えるようになった。

それが第二の理由、家事や料理をし続けることとの大切さに気がついてからである。老人ホームには、大ていの施設に、自分の部屋か共用かで、キッチンがついている。そこで自分の好きなものを作って食べる人はどれくらいいるかが、私の興味だった。ホームにいる人たちの大半が、毎日の献立に不満を持っている。歯ごたえのある固い食物が出て来ないとか、塩味が足りないとかいう不満をよく耳にするので、それなら自分で作って食べればいいのに、と私はいつも思っていたのだった。

「ご自分で作って食べる方はほとんどおられませんね」

経営者は言った。それから私が世間知らずだというような優しい微笑を浮かべてつけ加えた。

「ホームに入られる方はつまり、長年家事をしていらして、それから解放されたい、という方が多いんです」

私がひがんだのは、私は小説家だったために、常に家事を助けてくれる人がいたことだった。そのために、私は「家事はうんざり」という境地にまだ達していないと思われたのだろうし、又事実、それは当たっているのかも知れなかった。

たかがインスタント焼ソバを用意するにも、少し現場から離れると手順が狂うのである。家事というものには総合的な思考と緊張の継続が必要である。家事は下らないものではない。料理だって手順や方法をまちがえれば、熱湯をかぶることもあるし、まずくて喉を通らないようなものもできる。

一生現役でいてぼけないためには、多分生活の現場から遠ざかってはいけないのである。私は、家事全体が土木工事の工程表のように精密に組み立てられていると思うことがある。

足りない材料は買い、いらないものは捨て、空間を確保し、古いものから使うようにし、消費の量を測定する。さらに突然の変化にも備えなければならない。雪が降った時のこと、田舎の親戚が突然上京して来て泊めてくれと言った場合、家族の入院、雨もりが始まった時、空調が壊れた場合、すべてどう解決するかを考えておかねばならない。電球一つだって、切れたらどう換えるかは、各人の体力能力にかかわって来る。

人生はそんなに甘くはないのだ。お金で買える安逸ばかりではない。

聖書には、働かない者は食べてはいけない、という言葉が明記されている。ほんとうに老化したり病気したりして、できなくなった場合は別だ。すなおに感謝に満ちて人の世話になればいい。しかし一応体が動く人たちは、生涯、働いて自分の生活を経営しつづけて普通なのである。

『すぐばれるようなやり方で変節してしまう人々』小学館

体が食べたいものを食べる

一時期、毎日五キロ走る、とか、一日一万歩歩く、とか三十種類の食物を毎日必ず口にする、とかいうことを健康の秘訣と考えて実行している人がいたが、私は「毎日」という決意が続かなかった。「今日は寒いからやめよう」「今日は仕事の原稿書きが優先」「三十種類？　そんな足し算できない」と続かない理由はいくらでもあって、それでいいと感じているのだ。

そのうち「高齢になって毎日（気候も考えずに）走ったり、一万歩も歩いたりするのは体によくない」という説やら、「十六茶、というお茶を飲んで十六種類を食べたことにしている」などというおもしろい計算法まで出て、これらの一種の信仰は、流行のように消え去った観もある。しかし中には、まだ残っているものもある。

それでいいのである。何も世間や、初歩的な素人の医学的知識に振り回されることはない。

私の場合、別に決まって守っていることもないが、強いて言えば「おうちご飯」を作って食べている。前にも触れたが、我が家では九十一歳になる夫が、二〇一七年の二月三日に死去した。

私の夕食は一人になり、ケーキと紅茶を飲むだけでも済むのだが、私は長年の習慣で、何となく一人でも食事らしいものを作って食べている。

今朝は朝から到来ものの筍《たけのこ》を薄揚げと煮て、夜に備えている。私はゴリラと似ていると思うほど筍が好きだ。しかしそのせいで、少し胃が痛い。八十年、九十年と生きて来ても、人間はまだ自分で自分に適した食物の量や種類さえ管理できない。

私は時々、自分の体が食べたいものを告げているように思うことがある。或る冬の朝、私は普段好きでもないお粥《かゆ》に青菜を入れて食べたい、としきりに思った。昔お正月の七日に、古い習慣のある私の実家では、律儀に七草粥を作って食べた。

七日の朝起きると、子供の私は憂鬱だった。お粥も好きではなかったし、そこに青菜を加えて塩味で食べておいしいわけはない。
しかし昔の人は、総合ビタミン剤もなかったのだから、自然の食品で栄養を補おうと、必死だったのだろう。冬の最中に野原で摘んで来る貴重な野草を食べれば、少しはその目的を果たす、と体が知っていたのかもしれない。

『人間にとって病いとは何か』幻冬舎

小さい目的を持つ効用

私の目的のほとんどは実に小さいんです。今日こそ、観葉植物の葉っぱをふいてきれいにしよう、冷蔵庫の中の人参や大根の切れっ端をスープにして食べ切ろう、引き出しを一つ整理しよう……その程度のもの。

それでも、その目的を果たすと、我ながらかわいいことに、ささやかな幸福感に満たされます。

人生が虚しいと感じるのは、何をしたらいいのか、わからないから。目的がないからじゃないですか。つまらないと不平をこぼす前に、小さな目的をつくり、自分で行動してみることです。

『ゆうゆう』主婦の友社 2021年5月号増刊

料理は頭のトレーニング

料理というのは複雑で、段取りが必要です。総合的に頭を使いますから、惚け防止にも大いに役立ちます。私は冷蔵庫の残り物を利用したり、新しい料理を開発しようとしたりしますから、同じことの繰り返しになりません。とくに高齢者を抱えた家庭では、歯のない人や糖尿病の人、肝臓が悪い人など、それぞれの体の状態に適した料理が求められますから、かなり頭も使います。

まず、冷蔵庫にどんな食材が残っているかを常に覚えておいて、何を作れるか決めます。買い物に行けばケチですから鮮度や値段をチェックしますしね。調理を始めたら、どの段階でどんな調味料を使うか、自然に段取りを組み立てるものです。さらに手先の運動、手順の訓練も加わり、けっこう頭のトレーニングになるんです。

『老いの才覚』ベストセラーズ

お金は使うためにある

お金は使うためにある。そんな分かり切ったことを、ほんとうは言わなくてもいいはずなのだけれど、なぜか溜めるのが趣味みたいな人があちこちにいる。溜めるということは単純に体にもよくない。呼吸という運動の中で、空気を吐き出せなくなると、それも一つの病気である。食べたものが出なくなると、それは便秘で腸癌の原因になる。お金もうまく使うことができなくなると、毒が廻って守銭奴になり下がる。お金は使うことが健全なのだ。しかし何にどう使うのが健全だと、まともに言えないところがむずかしいのである。

『中年以後』光文社

いつか最後の食事をとる

深い感謝もしていない。時分時になって、出されたから食べた、という感じのだらけたものになっている。

しかし私たちはいつかは最後の別れの食事を摂る。

イエスもまた、弟子たちと最後の食事を摂った。弟子たちは何も知らなかったが、イエスはそれが自分の最後の晩餐になることを知っていた。

人間は常に、自分の置かれた厳しい現実を知らない。知らない、というより現実は知りたくないのだろう。

自分の死が迫っていることを知らなければ、実は人間は「その日」を生き切ることなどできない。

しかし人間は充足などしなくてもいいから、自分の直面している恐ろしい死を知りたくないのだ。

果たして死はそれほど恐ろしいか、ということになると、私は少し疑っている。死は誰もが耐えねばならない運命だとされている。

そうでなければ、万人が死などという途方もない現実を受け入れ、それに耐えることなどできるわけがない。

『続 夫の後始末』講談社

第五章

病気とどう
つきあうか

わたしが健康診断を受けない理由

私は60歳から健康診断も受けていません。そのためにがんなど重篤な病気の発見が遅れて命を落とすことになっても、自分の自然な寿命として受け入れようと思うからです。病院に足を運ぶのが面倒くさいというのが一番の理由ですけれど（笑）。

それに、健康診断で病気が発見されれば治療費がかかって、国の負担も増えていきます。

性格がケチなせいか、私みたいな年寄りのために多額の医療費が使われるのは勿体ないと感じてしまうんです。

その代わり、普段の生活にはわりと手を抜かないんですよ。

とりわけ大事にしているのは食事です。私が料理好きということもありますが、「今日は疲れたからお惣菜でも買って帰ろう」とは思わない。

外食は大好きですけど、自宅にいるときは毎日、手料理です。

献立は、焼いた塩鮭にみそ汁、ふろふき大根や里芋の煮っころがし。そこに自家製のぬか漬けやサラダを添えるといった程度です。私が幼い頃に親しんだ食事と大して変わりません。小津安二郎の映画にでも出てきそうな、戦前の小市民的な食事ですね。

少々手抜きでも、自分の手でタンパク質や脂質のバランスが取れたご飯を作って、お手伝いさんや秘書たちと食卓を囲む。マスクや消毒液を買い込むより、そうした食生活を続ける方がよっぽど健康的で、抵抗力もつくように思います。

ただ世界を見渡せば、こんな質素な食事にすらありつけない国が存在します。これまで日本財団の仕事などで幾度となく訪れたアフリカやアジアの途上国では、寄生虫や菌がついている危険性があるため生野菜は決して口にしません。ある時、親しいシスターのいる修道院を訪れると、日曜のミサに通っている農家の女性が、採れたての瑞々しいレタスを差し入れてくれたことがありました。

そんな時は、深鍋ではなくフライパンにお湯を沸かして、一葉ずつ湯通しするんです。これなら生の感触を残しながら、殺菌もできる。そう言ったデリケートな作業は決して他人任せにはしません。誰かに頼むと、本当にすべての葉を湯通ししたか確認できないからです。

要するに、他人を信用していないんですよ、私は（笑）。

『週刊新潮』新潮社 2020年9月17日号

病院の生活でうしなうもの

　ここのところ、ずっと私の中にある矛盾。朱門は入院中に、あちこち具合の悪いところを発見して頂いて、私はほんとうに感謝している。甲状腺の機能も落ちているらしいし、腎機能も明らかに少し下がっているのが見つかった。まあ、自動車であろうと電気器機であろうと、八十九年も使った機械なら、それくらいのガタは来るもんだ、と私たちは自分たちの体に置き換えて十分に納得している。朱門は、普段痛みもだるさもなく、どこまででもすたすた歩く人だから、できれば人間として最低の機能は維持した方がいい。そう思って入院させてもらったのだが、私の中で、病院に入れておいたら、多分彼はまもなく認知症と寝た切りになって退院するぞ、と警告する声が、日に日に大きくなる。

　入院直後、私は彼に言ったのだ。

「暇があったら同じ階の廊下をぐるぐる歩くのよ。傷があるわけでもなく、感染症でもないんだから、できれば近くを散歩するとか、駅前の繁華街を覗《のぞ》くこともさせていただけたらいいわね」

しかしそれはとんでもないことだった。

驚いたことに、病院では同じ階の廊下も、一人で歩いてはいけないという。家族が付き添い、手すりに摑まって歩くようにさせます、と言ってもいけないのだ、という。歩行訓練をする時は、病院の看護師さんが付き添わねばならない規則らしい。

それというのも、病院が恐れているのは、万が一廊下で転んで骨折をしたりすると、それは病院の落ち度になるからだ。そういう場合は、当然歩きたがった病人当人と家族の責任です、と私は一札《いっさつ》書いてもいい。

しかしそれでも係争問題になると病院は困るから、患者に何にもさせないでただ寝かせておく。その背後には、長い年月、日本人の中に、ことが起きたら何でも責任は相手にある、ということを立証するために、裁判を起こすという風潮ができたからだ。

最近では、子供が自殺しても、学校の責任だという。子供の精神の健康を一番知っているのは、親なのだ。だから第一の責任は、どんな場合でも親にあり、学校はその次だ。

廊下も歩けないなら、せめてリハビリの部屋に送ってください。そこなら指導者がいて、していいことが決められるでしょう、と言ったら、或る日、渡り廊下を向こうからリハビリの部屋に向かう朱門に会った。

驚いたことに、リハビリの部屋に行くのに、車椅子に乗っている！　これはまさに目的を見失ったマンガだ。入院まで毎日渋谷まで電車に乗って遊びに行っていた患者を、車椅子に載せるのだ。病院が、立って動ける患者を「寝た切り」にさせることになりかねない。

病院の生活では、朱門は誰とも喋らない。本も読まない。「どうして？」と聞くと、手元の光源が暗くて読みにくいのだという。それに「僕は活字人間だから、数冊の本に囲まれていないと落ち着かない」とも言う。これは身勝手。テレビも見ない。見たくないのだ、という。理由はわからないが、鬱病《うつびょう》的だ。恐らくはっきりした認知症の兆候が出るのも、このままだと数日のうちだろう。

私は最近周囲を見回して、認知症という病状はほんの数日で発症するのだということを知った。先月会った時なんでもなかった人が、今月会うと明らかにおかしくなっている。

どこかで社会から隔絶され、生活の只中にいるという状態がなくなると、起きるような気がする。どんなに年を取っていても、私たちは日々の生活に関与しなければ人間を失う。

それでお願いして、一刻も早く家へ返して頂くことになった。


『私日記9 歩くことが生きること』海竜社

健康は個人の趣味

自分勝手に健康診断に行かないことは、まことに楽であった。私は満六十四歳から七十三歳まで或《あ》る財団に勤めたのだが、そこでも「健康診断に行って下さい」と言われたにもかかわらずそれに従わなかった。私は無給の会長だったから、いわば身勝手ができたのである。その健康診断の費用は数万円もかかる高いもので、財団が払うのだが、私はすでに若くはなかった自分の立場を考えて、人のお金をそんなに使ってわざわざ「被曝する」必要はない、と考えたのである。

私の考え方が正しかったかどうかはわからないが、私の周囲には、インフルエンザ・ワクチンでさえ自分で打つ医師がほとんどいなかった。「あんなもの、効きやしませんよ」とあからさまに言う人もいれば、ワクチンという異物を体に入れる方が毒だと言う人までいた。

健康保持は、確かに科学的な世界だが、個人の趣味や選択の部分があってもいいだろう。もっとも健康保持のために私が興味を持った分野がなかったわけではない。私は昔から漢方に興味を持っていて、ひまなときにその手の本を読み、自分の体の不都合は売薬の漢方でなんとかコントロールできることも多かった。昔の人は煎《せん》じ薬を飲んでいた。野生動物は自然の草の葉を噛んで自分を治す。あれでいい。

夫が退院して来て我が家で療養することになった時、私たちは、積極的治療をしないという三原則を守ることにした。食べて生きるのであり、いささか無理に歩くことで日常生活を保つ。それ以上、過激な医療行為はしない、という取り決めを守ることにしたのである。

『夫の後始末』講談社

一生治らない病気の良さ

「年のせいさ」と言う時、夫はほんとうに嬉しそうな穏やかな言い方をする。それが万物の法則に則った自然な変化なのだから。しかし次第に私は、私らしくないほど体がだるくて起きていられなくなった。夜寝る前に、歯を磨いて寝間着に着替えるだけの「仕事」の前にちょっと横になりたくなる。ベッドに寝たら、もう何時間も起き上がれなかった。数日おきに微熱が出る。三十七度六分程度の微熱なのに、だるくて本を読むことしかできない。

ちょっとしたことで角膜が傷つき、眼が痛むのはドライアイになっているからであった。おかしいのは、足の裏にできたマメが何カ月も治らないことだった。外を歩くと、一足一足の痛みのために、家に帰るとがっくり疲労していた。

それでいて私はやはり料理もできた。人との約束は守るという小心者の習慣のために、講演をキャンセルもしなかった。講演は一時間半必ず立ってする。腰掛けたりしたら、私は却ってしゃべれなくなってしまう。声も後までよく通ると主催者は言う。

この九月九日、ついに私は、自分の中の内部造反に耐えかねて、予て知人から聞いてあったリューマチ科の専門医を訪ねた。待合室は女性ばかりだった。私は生まれて初めて手のレントゲンをとられ、今年で六十三年間、職人のように働いて来た自分の掌の骨と対面した。働いて来た、と言う割りには、関節の減り方も少ない。何だか少し裏切られたようであった。

通常の検査で出る数値は、腎臓や肝臓の機能も尿酸値も、すべてが恥ずかしいほど正常であった。しかし普通の血液検査ではやらない検査方法で、私はごく軽いシェーグレン症候群に罹っているということがわかった。これは簡単に言うと、免疫が自分を攻撃するおかしな病気だという。

うまくいけば、この病気で死ぬこともない。しかし薬はなく、一生治りません、と言われて、私は気が楽になった。

何というい病気に罹ったものだろう、と再び私は幸せになった。薬を飲め、専門の名医は稚内と鹿児島にいる、ということにでもなったら、私は家族の手前、北から南へと駆け回らねばならない。しかし私はつまり何もしなくてもいいのだ。

私は性格においては律儀な働き者に生まれたのだが、今は地面の底に引き込まれるほどの倦怠感で、ほんものの筋金入りの怠け者になっている。だからどちらの性格もつまり正真正銘の私なのだと言えそうな気がしてきたのである。

『新潮45』新潮社　2014年11月号

#「つまり年だから」で起こること

先日、夫がほぼ七十年ぶりに、二週間だけ入院した。二十代に盲腸の手術をして以来、病院に入ったことがない。どう悪かったのかと言われると、私も説明が難しいのだが、つまり年なのだ。消化も悪くなって食べなくなったのである。

夫はもう八十九歳だし、私たちはこの年になったら治療はしない、という約束になっていたので放っておこうかと思ったのだが、食事の不足によって、電解質が足りなくなると吐き気がしたり、気分が悪い、ということを知っているので、その調節に入院させていただくことにした。

生きている以上、大体一人で「人間をやっていけない状態」になると当人も周囲も不幸になる。

ところが病院でも、彼の生活の状態を引き下げるような環境があった。病院の廊下を歩くのも、看護師さんの付き添いがないといけないという。膠原病の私よりずっと素早く長く、どこへでもすたすた出かけていた人が、にわかに床についている時間が長くなったのだから恐ろしい。

それと枕元が暗くて、本が読みにくいと文句を言う。「僕は活字人間だから、身辺に本が散らかっていないと落ち着かない」とも言う。

うちでは秘書たちとも私とも昼間始終喋っているのに、病院でにわかに静かに沈黙の生活をするようになったら、みるみる反応が鈍くなった。

それまでは毎日渋谷まで電車に乗って本屋さんに行き、本を買いあさり、名店街で「女房に頼まれたもの」を買い、電車の中では無言のうちに、最近の女性風俗をしみじみ眺めて楽しんでいたのに、そうした刺激が一切なくなったのだ。

八十歳を過ぎると、人間はほとんど数日のうちに衰える。歩かなければ歩けなくなるし、刺激がなければ惚《ぼ》ける。怖ろしいほど早く変化が来る。

惚けて退院してこられても私は困るのである。何のために入院させてもらったのかわからない。

それで幸い、少し悪かった腎機能も回復し、普段の性格である「ワルクチ」も素早く出るようになったので、元気が取り戻された証拠として、胃腸の具合の悪さはまだ残ったまま退院して来た。
医療というものはほんとうにありがたいものである。

『WiLL』ワック 2015年9月号

寝る前の読書の効用

私は朝型で、日が暮れるとまもなく脳味噌がすかすかになって来るから、まともな読書はできない。しかし寝る前のほんの短い時間の読書で、けっこうおもしろい知識が身についたものもある。

一つは漢方薬の知識である。

一つの病気だけを治すのではなく、体全体のバランスを取っていくのが漢方だという考え方が、穏やかで納得がいくのである。

もちろん漢方の常道は漢方医のところへ行くことで、私も人には必ずそう勧めることにしているのだが、同じ薬の量でも、漢方医がくれただけ飲むと、お腹が悪くなったり、胸がむかむかしたりしたことがあった。

それに私はとうてい漢方薬を煎じる余裕がない。だからエキス剤というか、錠剤になったのを飲むのだが、その量も、一応の目安はあっても、季節や体調で、薬の量を微妙に加減した方がいいと思うことがある。

これがまさに匙加減である。

だから漢方医から処方を受けるのもいいけれど、自分の場合に限って、本を読み続けて、自分の体に合うように調節することにしている。

その知識は長い年月、寝る前だけの読書として、定着したものである。

『緑の指』PHP研究所

ガン治療に対する考え

人生で、人は実に無力なものだと思う。たとえば、どこか知人の家庭でガンの患者が出た時、私たちは心の中で心配したりやきもきしたりするだけで、ほとんど何も手助けもできない。

ガンの治療法は、その人の哲学が大きく関与するように思う。

最近も、私の身近な二軒の家庭に、それぞれガンを病む家庭が出た。偶然、共に男性、つまり「お父さん」の立場である。二人共いわゆる定年後の年齢で、仕事はしているが、いわゆる第一線からはひいている。それ故に、治療方法も生き方も自由に選べる立場だ。

一人は、時間やコネやチャンスやあらゆることを選んで、ガンと立ち向かった。ガンは複数の部位にできていたから、こちらを叩くのに二週間。次のをやっつける療法にまた三週間、と休む間もなかった。

奥さんもその付き添いに疲れ切った。年齢は七十代後半、もう人生でいいとこを生きたとも言えるし、最近では九十代の人が健康で町を歩いている時代なのだからまだまだとも言える。

もう一人は、八十代半ば、やはり手術を受けた。学生時代から親しい友達の医師が「手術しなきゃいいのに」と呟いたのは、ガンのたちにもよるのだろう。放っておけば、たとえ悪くなるにしてものろのろで、そのうちに九十を越え、どう考えても寿命だと周囲も考えるようになる、ということのように私には聞こえた。

しかしガンの治療に対する態度だけは、他人はもちろん、配偶者も決定的なことは言えない。どういう治療をするのかは、当人の選択を重く見る他はない。

実はガンだけではないと私は思う。我が家の夫婦も、生き方が全く違う。夫はほぼ九十歳で、軽い不調はあちこちにある。

それらのドクターのところに、誠実に通う。薬も掌いっぱいとは言わないが、朝夕に五、六種類は飲む。その中には降圧剤も含まれている。

それに対して、私は年に一度の健康診断さえ六十代から受けていない。高いお金がかかると聞いたし、そもそもレントゲン検査などで人為的に被曝しないのが一番いいという発想だからだ。
それに最近は、若い人の重圧になる後期高齢者用の健康保険をできるだけ使わないという目的もある。

『老境の美徳』小学館

なぜ腰痛は起こるのか

『週刊文春』という雑誌が、ここのところ、ずっと「腰痛特集」をやっている。きっと編集長氏が腰痛なんだ、と私は一人で思い込んでいるけれど、案外そうではなくて、腰の痛みなんかとは無関係のハツラツとした方かもしれない。しかし自分が腰痛でないのに、腰痛特集をしてあげるとしたら、もっとうるわしい配慮である。

私も実は、腰痛がどれだけ恐ろしいものであるかを知っている。十年近く前、私はものも書けないほど視力が落ちていた。その頃ひどい腰痛だった。朝、ゆっくりと寝床の中にいることも腰が痛くてできない。その時考えたのは、今もし大きな手術をして、少なくともその日一晩は体位を換えてはいけない、という絶対安静を強いられるなら、私はその手術を受けられないだろう、ということであった。つまり手術ができなくて死んでも仕方がない。それほど腰の痛みは深刻だったのである。

私の眼の手術は前後の処置をいれても三十分ほどで、術後は二時間ほど麻酔の影響で眠った後、私はすぐに叩き起こされた。回復のためには歩け、というのである。

手術後、私の眼は画期的に見えるようになったが、その間、私は興奮状態にあった。何しろ生まれて初めて裸眼でものを見たのだから、滑らかに感情がついていかない。その心理的な動揺に振り回されて、あっという間に一月二月《ひとつきふたつき》が経ち、或る日私は「腰痛」という文字を雑誌で眼にしたのである。

「あ、そうだ。腰痛というものがこの世にあったんだ。それから頭痛と肩凝りも……」

それが偽らない感情であった。頭痛は手術前の十年間ほとんど一刻の休みもなく、そして手術直後にも苦しんだ。しかし視力が安定すると同時に、頭痛も肩凝りも腰痛もかき消すようになくなった。

その間、頭痛と肩凝りに顕著な効果があったのは、ハリと瀉血《しゃけつ》（治療を目的として血液の一部を体外に除去すること。静脈から注射針によって除去する方法と、直接皮膚を傷つける方法があり、後者は漢方でも用いられる）だった。凝っている患部から血を抜くと、非常に楽になったが、そのために貧血を起こすことなども全くなくて済んだのである。

眼がよくなったら、腰痛も完全に治っていた！　だから私は、素人がたった一例自分の体験だけでものを言うことの無謀をよく承知しながら、腰痛の原因は途方もなく遠く深い所にある、ような気がしている。多分、腰が痛い時に、腰を直そうとしてもだめなのだ。腰痛を直すには、なぜか、内臓とか、脊椎とか、歯とか、聴力とか、脚とか、自律神経とかの異常を、つまり何かそういった遠い病変を直さなければだめなのではないかと思う。

『昼寝するお化け』小学館

人は、動いていることが大切

人の生き方は全く違う。同じ家族でも夫はしきりに薬を飲み、私は痛かったり辛かったりする場合以外は、病気を放置する。

人間には、適当な時にこの世を去るという義務もある。人間が嫌だと言ったって、それだけは決まった現実なのに、それを正視しない人も私は好きではない。

しかし……これからが私の本音なのだが、世間の人は、病気と律儀に付き合い過ぎる。八十歳でもガンの検診を受け、健康診断の日と重なるというと、遊びの計画まで止める人がいる。

私は辛くない程度なら、不養生をすることにした。ことに人は、動いていることが大切だ。昔は、少し病気になると寝ていることが治療法だった。しかし今ではそうではない。心臓が苦しくならない限り、熱があっても入浴は構わないし、トイレに立つということはどんなことがあってもしなければならない。

二日立たないだけで、高齢者はもう歩けなくなる。ましてや少しでも遊べるくらいの元気のある状態なら、うちにいて苦しいの痛いのと言って家族を困らせるよりも、外へ出て楽しく暮らす方がいい。

二〇一五年の春、私は前々からの約束通り、北イタリアへ二週間の旅に出た。シェーグレン症候群だといわれる病気のために、足はびっこを引くし、微熱も終始出る。体も痛む。しかし熱が出るなら寝ていなさい、とはどんなドクターも言わない。

幸い優しい同行者が三人もいたので、私は重いものは時々持ってもらい、手すりのない危険な階段はその人たちの腕に掴まらせてもらったが、それ以外は、一応自分のことはすべて自分でして旅を終えた。家にいたら毎日、体中の痛みと微熱のだるさで、寝てばかりいたと思う。しかし旅に出れば、感動することもあり、おいしいものや新しい発見に出会う。

高齢者は、家にいて病気とだけ付き合うのは止めた方が得だと思う。そのために命を縮めることもあるかもしれないから、決してすすめはしないが、無茶して少し命を縮めても、その分だけ濃厚な人生を送ったのだから、私は少しも悔いはない。それに無理をすると寿命を縮めるということもないかもしれないのだ。楽しいから、長生きできるという展開になるかもしれないだろう。

しかし私がもう、重い荷物を持って長い距離をすたこら歩くという旅はできなくなっているのは事実だ。だから私はこういう不健康者向きの旅の方法を考えている。

幸いにも私が見て楽しいものは、名所ではなくて人間と人生だ。それは一つ所にじっと座っていても見えることなのだ。だから私は一つの町に十日か二週間居すわる旅を考えている。しかしそれでも私は社会の真っ只中にいるのだから、自宅にいるのとは全く違う。ちゃんと周囲のことも考え、辛くても少し我慢して仏頂面をせず、身仕舞いにも少し気をつけ、書類やお金などを失くさない緊張も続けることになる。病気と付き合わなければ、（死病以外の）病気はなかったのと同じことになるのだ。

『老境の美徳』小学館

病気をしない人はいない

ほんとうに私は、自分の体に長い間、手こずって来た。しかし現実的には、何も深刻な病気をしていない。肩凝りだの鼻づまりだの、最近では猫の毛アレルギーだのというマンガ的な故障ばかり起こしている。

今私は二匹の猫を飼っているのだが。そのうちの一匹が或る夜、ベッドで寝ている私の頬のところに上がって来て、ヒゲで私の耳にさわり、そのままそこで短時間眠った。

目が覚めたのは猫がベッドから下りたのと、私の耳にぶつぶつした発疹《ほっしん》ができて猛烈に痒《かゆ》くなって来たからである。

私は自分がほんとうに猫を可愛がっているのかどうか、わからなくなって来た。

フロイトその他の精神分析学者によると、人間には、意識下の部分があり、私と猫のような場合、表面上は猫を溺愛《できあい》しているかのように見えても、心の奥底ではその存在を嫌っている、というような関係もあり得る、という。

私の意識の中で、自分の肉体的存在は、しばしば始末に悪いものであったが、つまりそれが自分というものなのだろう、ということは納得していた。

よくても悪くても、自分と付き合っていかねばならない。

三十歳になる直前に、私は軽い鬱《うつ》病になったが、その時、健康ほど楽なものはない、と思い知った。いいものというより、楽なものだとわかったのである。

健康には基準がない。しかし自分の病変は辛く、健康になると楽になる。

病気をしない人はいないから、正常と病気の間を、心と体がさまよい歩くのが人生なのだろう。そこに危うさと救いもある。

これらを共に信じる自分の頼りなさを素直に記録したのが、この本だと思って頂ければ、幸いだ。

内戦中の土地の住民のように水汲み一つに出るのも命がけというような生活をしなくて済んで、私は何と幸福なのだろう、と思える日も多いのだが、心と体という二頭立ての馬車の馬の一方が常に暴走気味で、統制が取れない状態にはよくなる。

まあ、一人の生活者としては、「このなかなか真っ直ぐに走ってくれない馬車」を何とか一生操《あやつ》っていくだけが任務なのだろう。

『人間にとって病いとは何か』幻冬舎

なぜ体が疲れるのか

幼児の私はひどく虚弱だった。そのためにいっそう極端な清潔の中で育てられたので、その時期に身に着くはずの免疫力にも欠けた結果ではないかと思われる膠原病が、近年になって発見された。

ただし膠原病（私の場合はシェーグレン症候群）は「薬もなく、医者もいません。治りません。しかし死にません」という病気で、夫の三浦朱門が生きていたらいつもの通りユーモラスに、「それはよかった。金のかからない病気だ」と言うだろう、と思う。時々微熱が出て、起き上がれないほどのだるさに悩まされるが、治しようがないということは気楽だ。

人生＝だるいこと、だと思って生きている日々があるが、人生はどんな姿だって人生だから、それでいいのである。

生まれた家が、その日の暮らしに困るほどではないとすると、私のような子供は、大人の世話を充分に受けて育つ。学校へ通う朝、今日はどの程度の厚さの下着とどのオーバーを着るかは、母が判断してくれる。

典型的な過保護児童の生活である。家に帰って来ても、手伝う家事はそれほど多くはなかった。掃除も済んでいる。夕飯の支度は母が半分し終わっていた。

私はそれでも、薪と石炭を燃料とするお風呂焚きの責任を割り当てられていた。一度、石炭をたっぷりくべると、十分間ほどは自分の机に帰って、本も読めた。

最近私は、理由のない微熱とだるさに寝てばかりいるようになった。

「人間を長くやっているとねえ、疲れが溜まるのよ。勤労者は理由のある休みがあるのに、私なんか六十年以上働きっぱなしでも、まとまった休みを取ったことがないんだから」

と私はいささかの嘘を含めて愚痴ることにしている。英語ではサバティカル・イヤー（安息年）という言葉がある。ユダヤ教徒たちが七年ごとに休んだ古い伝統を受け継いで、今でも研究のための有給休暇のことをこういう呼び名でいう。

本当は私たちも、週の七日目の日曜日に休むだけでなく、七年ごとに一年ないしは半年、休めるようにしたい。イエス時代にそれまでの口伝だった内容が成文化された『ミシュナー』（二世紀末にユダヤ教の口伝律法を収集・編纂したもの）によると、この七年目の休みの時には、昔のユダヤ人たちは、人間が休みを取るだけでなく、土地にさえ休みを与えた。

今のように深耕のできる耕作用の機械も、化学肥料もない時代には、人間が休む七年目には、土地も休ませることが必要だとわかっていたのだろう。

しかし現在の日本人の暮らしには、効果的なまとまった休みなど全くない。その六十四年分の疲労が、今一度に出て来ているというのが、私の実感だ。八十六歳の私が、六十四年分の疲労というのは、私は二十二歳までは親の庇護の下にあって、何も苦労していないから、その分だけは「良心的に」差し引いたのである。

一日中、ゆっくり寝ていられるような生活をすると、もったいなくて、高齢者はもうすぐ死ぬのだから、長い休みはその時に取ればいいのだとさえ思う。

しかし時間でさえも、絞り取るようにすべて使うというのは、余裕ある人間のすることではないのかもしれない。

『新潮45』新潮社 2018年7月号

ブロック注射の効用と音楽会

私は先月の末から、朱門の主治医の小林徳行先生に打って頂いたブロック注射があまりによく効いて、真っ直ぐしか歩けないという恐れも減ったのだが、実は、麻酔が治療になるとは思ってもいなかった。その場凌ぎの療法なのかと考えていたのだ。しかし驚いたことにすばらしい副産物もあった。

長年にわたって私の足の裏にできていたしつこい豆（医学的には胼胝《べんち》）が、驚いたことにほとんど一回でとれてしまった。この豆のおかげで、私はゴツゴツしたヨーロッパの石畳の上を歩く時は、いつも用心して着地点を見極めていたし、そのおかげでひどく疲れた。東京では、サリチル酸の膏薬を貼った後で、近所の皮膚科に豆の固い芯をメスで削って頂きに行っていたのだ。

その時、女性のドクターに毎回言うセリフは同じだった。「こんなことに、毎回先生のお手を煩わせまして、ほんとうに申しわけございません」と言っていたのである。しかし謝ってもダメだった。普通なら固い部分が数週間で取れて、それで少なくとも三、四カ月は痛くなくて済むはずなのに、私の豆は、頑強に居すわっていた。

　私だって靴は二十足くらいは持っている。しかしその中で履ける靴はたった一足になっていた。履き古して、これほど型が崩れて柔らかくなった靴はない、と思われる古靴が貴重品になっている。あとはサンダルだから、冬はどうも見苦しい。その豆が、ほとんど一夜で消えた。腰の神経ブロック以外なんら外科的処置をせずにである。

　私以外に、その変化を一番早く認めたのが、淋巴《リンパ》マッサージをしてくれているKさんだった。

「変わったよ」

　と彼女は言う。

「何がどう変わったの？　私は変わりませんよ。ガンコ婆さんがそうそう変わるわけはないでしょう」

　と私は言う。

「でもね、前は左足の外側の筋のところに割り箸が入っているみたいに固かったのが、柔らかくなって、ふにゃふにゃになってるのよ」

「割り箸は売ったんです。あなたに払う治療費が要るから」

　割り箸ではとうてい払えない金額である。

「冷たかった足も温かくなっているわよ」

　すべて信じられないことばかりだった。

　このブロック注射を受けた時は劇的だった。海老のように体を丸めて、背骨に注射を受ける。馴れてくると恐怖感もあまりない。予備の局所麻酔を受けるから、大して痛くもない。それより歩き易くなれば、こんな幸福はないのである。

　素人風に言うと、私の末梢血管は、冬の初めから、いくら温かい衣服を身につけても冷えで縮み上がっていたのに、麻酔一本で足の指先まで温かい血の奔流が怒濤のように流れるのがわかったのだ。

　そのおかげで足指の先の皮膚まで体温が上がって、一気に栄養がよくなったのか、それだけで固い豆の組織が健全になり、その結果として私は少しまともな歩き方をするようになったらしいということである。

私はご都合主義だった。歩ければ理由はどうでもいい。ただありがたい。また私は、少しはましな労働力になる。

しかし、夢のようなおとぎ話はないものだ。ギクッとする痛みは消えたが、鈍痛は残っていた。歩く時に多少びっこを引く。

私はあまり見栄っぱりではないつもりだったが、この足で音楽会に行くのを人が見たら、「あのお婆さん、あそこまで無理して音楽会に来なくたっていいのに」と思われやしないかと気になった。それで私はヨーロッパに住んでいる親しい友人に、笑い話のようにそのことを話した。すると彼女が、

「そんなことはないわよ。ヨーロッパじゃ、車椅子の人がたくさん音楽会に来ているもの」

と言う。ほんとうにそうだ。音楽は、むしろ山へ登ったり、ヨットをしたりすることのできない人のためのものかもしれない。

『Voice』PHP研究所 2017年3月号

介護と体力

人間の生活に誤算はつきものだが、夫の看護人として私の最大の誤算は、私の体の変調だった。私はとぼとぼではあっても、まだ数年は現在と同じように働けると思っていたのである。

悪くなったきっかけもはっきりしている。十一月下旬、フランスから帰って数日後、急に東京の天気が悪くなった。底冷えと言いたい冷たさが身に堪えた。私の足首は氷のようになったが、私は大して気にもしなかった。我が家は五十年以上経つ木造の家で床暖房もないのは辛いが、長年住んでいるので生活上の不自由はこんなものだと思っていた。

しかし翌日、急に左脚が痛くなった。一本の筋だけがこちこちになった。夫の介護の時、上半身を助けて起き上がらせるのにも力が入らなくなった。しかし車椅子を押すことも、布団を整えることもできる。

十二月に入ってしばらくした或る日、私は夫に言った。

「予算に入れてなかったことがあるわ」

夫は何か急にお金の要ることができたのか、と考えたようだった。

「何が予算外なの？」

「こうやっている間にも、こちらがどんどん年を取って体が動かなくなることを、予定に入れてなかったのよ」

年単位ではなく、月単位、いや日単位で、或る朝から突然、体力がなくなることを、私はまだはっきり自覚していなかったのである。

「そういうものだ。僕も同じさ」


『Ｖｏｉｃｅ』ＰＨＰ研究所２０１７年３月号

食べ過ぎることの弊害

今でも地球上には、飢餓ではないが、貧困のゆえに毎日三食は食べられないという人がけっこういる。日本人がそういう土地の学校給食にお金を出すと、勉強はともかく、子供が一食は学校で食べられるから、親たちは喜んで子供を学校に出す。それがないなら、うちで山羊の番をさせている方がいい、という親だって珍しくはない。先生でさえ、給食つきの学校に赴任したがるから、いい教師が集まるという。

私は長年こういう例を見過ぎたので、食は何でもあった方がいい、と思ったのだが、多くの場合、人間は食べ過ぎていることの弊害の方が大きいという。

ある時、学術的な調査をするグループの人たちと、近東の田舎を旅することになり、私がその食料調達係をすることになった。カップ麺はかさばるので、袋入りのもっとも素朴な干したラーメンを持参することにした。昼ご飯には、どこかでお鍋と火を借りて、そこでラーメンを調理することにしたのである。

調査隊は十二人だった。私は若い人たちも多いことだから、という計算で、一食あたり十五袋くらいの麺を使う気持ちでいた。

するとこういう人数のグループを扱い馴れている人が言った。

「曽野さん。十人なら、九袋でいいんですよ」

「だってみなさん、よく食べるでしょう。それじゃ足りないと思いますよ」

「いや、それでいいんです。充分に食べさせると、必ずお腹を壊す人が出てきます。けれど人間、少なく食べさせておけば、決してすぐ健康を害するようなことはないんです。どこかで数日休息をとれるような場所に着いたら、お腹いっぱい食べさせますから」

この手のベテランの指導者によると、人間は少しくらい食物の量が足りなくても、決して体調を壊しはしないと言うのだ。むしろ過剰な食料の摂取の方が、かなり短時日のうちに健康不調を示す。痩せて健康な人、はいても、太って丈夫な人はいない、ということらしい。

『人間にとって病いとは何か』幻冬舎

第六章

もうすぐ死ぬこと

死ぬ時は馴れた空気の中で

私は舅姑と実母と三十年間、軒がくっつきそうな別棟で隣り合って暮らしたが、私のことだから、放りっぱなしの嫁であり、娘であったことは間違いない。

しかし私は親たちを三人とも、うちで見送ることができた。

私の父だけは、離婚した後、後妻さんが来てくれたので、私は補助的な立場に立てばよかった。

三人の親たちを入院させなかった最大の理由は、皆が入院をひどく嫌がったからである。それに、夫も私自身も死ぬ時は、もしできれば日常性の中で最後の時を迎えるのがいいような気がしていた。

誰でも自分の家にいる時はすべてのものに馴染んでいる。箪笥もテーブルも見慣れた位置にあり、物音でさえ聞き馴れたものだ。嫁が孫を叱る声、飼っている犬が鎖を鳴らす音、たてつけの悪い戸がぎいぎいなる音。

すべてが日常の音なのだ。

匂いも安らぎの種になる。大根を煮る匂い。窓の外の梅の香り。ストーブの石油の匂い。
そのよく馴れた空気の中で、或る日ごく自然に命じられた生を終わる。私はそういう一生が好きだ。

『昼寝するお化け』小学館

死について考える人　考えない人

死について、人は独自の性癖を持つようである。言い換えれば、死のことなど考えるのも不吉だとする人と、自然にしばしば死のことを考える人とがいるということだ。

私は子供の時から、始終死のことを考えて生きるたちだった。私は世間的に見れば、一応お金にも困らない東京の小市民の典型のような家に生まれた。父と母も外見上は常識的な人々だった。もっとも内情は仲が悪くて惨憺《さんたん》たるものだったが、外目にはそんなふうには見えなかった。

父は東京の私立大学を出て、一見気さくな人柄に見えたからである。しかし父は時々暴力をふるうのが、私はいやでたまらなかった。言葉で言ってわからない家族ではなかったからである。父が暴力をふるうと、私は震えて凍りつくようになった。

こんな陰の暮らしもあって、私は子供の時から常に世間の裏側を見て育って来たような気がしていた。

だから私にとって死は、長い何十年の年月の後にやって来るものではなく、いつ私という子供を道連れに自殺をするかわからない母の運命の一部として考えてきたのである。

後年、私は自分の中に、人間の心理の一つの型として、「死愛好型」とでも言うべきものがあり、私は多分、先天的にそちらに属することを強いられていたような気がした。しかし現実には、私はしばしば自殺を口にする母に、いつも抵抗していた。

そこから私のすべての性癖は始まっているのかもしれない。もう残りの人生も終りに近いが、私は日常生活で、あまり破壊的なことを言わないことにしていた。たとえ自殺をしたくなっても、多分実行には移さない。

それほど「平凡な人間のしないことをしてはならない」と思っているのだ。

私は凡庸な生活を心底愛している。それがせめてもの謙虚さ、というものなのだ。

その上人間は、一つ屋根の下で暮らす限り、お互いに清潔で、心身共に飢えていない穏やかな生活を続ける義務も権利もあると思っているのだ。

人並みという言葉はあいまいなものだが、本当は人は右顧左眄《うこさべん》して生きている面がある。人生の評価には絶対というものがあまりないから、人並みという目印は、標準値を示すものとして便利なのである。

『続 夫の後始末』講談社

老いと死は理不尽そのもの

何もしないのに、人間は徐々に体の諸機能を奪われ病気に苦しむことが多くなり、知的であった人もその能力を失い、美しい人は醜《みにく》くなり、判断力は狂い、若い世代に厄介者と思われるようになる。

昔の人々は老いと死を人間の罪の結果と考えたが、それもまたまちがいなのであった。何ら悪いことをしなくても、それどころか、徳の高い人も同じようにこの理不尽な現実に直面した。

老いと死は理不尽そのものなのである。しかし現世に理不尽である部分が残されていなければ、人間は決して謙虚にもならないし、哲学的になることもない。

『三秒の感謝』海竜社

運命は差別をしない

親か誰かに面倒をみてもらう生活をするだろう、という甘い考え方をしていた私は、不思議と、一家全員の生活を見ながら、その最期を看取ることになった。

その結果、すべての人の生涯が神の視線を受けているような場面にも立ち会えた。不思議なことだ。運命は、最終的に差別をしない。

『新潮45』新潮社　2018年7月号

日常的に自分の死を考える

戦争がいいものだった、とする理由はどこを探してもない。しかし戦争によって学んだことはある。それは世相は常ならずということだった。平和ももろい。生命の継続も偶然の幸運の結果である。

家族のつながりも一時の夢かも知れない。個人の健康など、常に風前の灯である。

だから、私は今まで、常に最悪の事態を想定して生きて来た。子供の時は最愛の母を失うことを、結婚して家庭を持ってからはたった一人生き残ってしまうことを、何か契約をすれば相手が詐欺師であることを、そして何かを買えばそれが偽物であることを、いつも考え続けて来たのである。

その続きとして当然、自分の死を考えることも含まれていた。それは私にとっては大変日常的な行為で、少しも異常なことではなく、しかも他の、もしかすると起こらないで済むような予測とは違うのだから、私にとっては効果的な行為のように思えたのである。

だからもう初老と言ってもいいような年齢になっても、「自分の死のことなど考えたこともない」とか、「そろそろ死について考えねばならないと思っている」などという人に会うと、私は正直なところ、この人は、死はいつでも年齢に関係なく、人に取りつくということを考えないのだろうか、と奇妙な気がしたものであった。

もちろんまだ間近でもない死を思うというのは損なことだ、という人もいる。ろくでもない将来を思うことは損なことだ、という考えも確かにあるだろう。

しかし自分の身に起きなかったことを、あたかも起きたかの如くふるまえるのが俳優であり、あたかも起きたかの如く感じる訓練を積むのが小説家というものなのである。

同じ「信じない態度を貫く」にしても、未来を信じないのと現在を信じない、のとがある。同じ「現在を信じない」という姿勢にしても、現在のいい状態を信じないのと、現在の悪い状態を信じないのと、二種類の心理的傾向がある。

私は、現在の悪い状況は深く心に刻みつけるというやり方で信じ、現在のいい状況は、いつ取り上げられてしまうかも知れないこの世の幻として、あまり信じない癖をつけた。

それは単なる幸運と思うことにして、深く信じたり、それを当然のことと思ったり、いつ迄も続く、と期待したりしないことにしたのである。

『絶望からの出発』講談社

人に知られない部分こそ整えて置く

私は幼い時から夢のない子だった。父母が仲が悪い夫婦だったこともあって、未来とか、結婚とかに夢が持てなかったせいだろう。

私に関心があったのは、現実に起こりそうな危惧ばかりだった。「貧乏」「病気」「死別」「天災」などである。起こり得る不幸は、予想することによって備えることができる。

百パーセント備えられなくても、少しだけ冷静に受け止める姿勢をつくってくれる、と思ったのである。

知人にも数人変わり者がいた。社会的にはあまり出世しなかったが、思いがけずヘルマン・ヘッセの詩に詳しかったり、何の趣味もない人のように見えながら、鎌倉を通りかかると、場末の古道具屋を覗かずにいられないような人もいた。

どちらも現世の暮らしからどこかはみ出している部分を持っている人たち

だったが、そのアンバランスの故にすてきな精神を持っている人たちだった。死を想って備えるのは「道楽」に近い。しかし素人演劇に入れあげるよりは、はるかに金銭的被害が少ない上、いささかの実利はある。

素人が芝居をすれば、上演当日に「あんな芝居は見ていられなかった」か、「びっくりしましたよ、皆上手で」か、お世辞だということがわかり切ったような褒め言葉などが返って来るだけだが、一人の個人の死の真実は普通なら世間にあばかれることもない。

人に知られない部分こそ整えて置くことが、折り目正しい人間の生き方だという面もある。私は自分の過去を思い出してみると、戦時中の食料不足、空襲、受験、子育て、まあ何事によらず、ドサクサでその日々をすごして来た。

立派な生き方だと思ったことはないが、世間の人々の大部分はそんなものかもしれない、という気はしている。

だから死にざまも、ドサクサまぎれでいいのだが、老年というものは少しヒマができている。とするなら、最期にすることは、死ぬことだけなのだから、ほんの少しだけ自分好みの死に方ができるかもしれない、と思うことも許されるだろう。

しかしそれはあくまで現実性のない理想である。

ただ人間は百人のうち九十九人まで愚かなものだから、理想に少しでも近づけるかもしれないという「理想ではない夢想」に、少し近づいても許されるのである。

『死学のすすめ』ワニブックス

死の前日まで「ありがとう」を言った人

　舅は、体の丈夫な人だった。穏やかな性格で、私がすばらしいと思うのは、最後まで、人間の卑しい部分など全く見せなかったことだった。死の前日まで「ありがとう」という言葉も忘れなかった。

　私たちはホーム・ドクターに来て頂いたが、舅はその先生を甥の一人と思いこみ「チッちゃんが来た」と嬉しそうな顔をした。ドクターの顔を見ると、入院させられるのではないか、と思う人もいるらしいが、舅はその意味でも幸せであった。

　一日にほんのわずかしか飲みも食べもしなくなった時、私たちは少し心細くなり、やはり「点滴をして頂いたらどうでしょうか」と尋ねたことがあった。するとドクターは、人間は口から食べるということが最高で、その人がその時に必要としているものを欲するようになっている。点滴をすると、その調和を乱すので、急に悪くなるか、苦しむかすることもあるから、とにかく一口でも食べさせるようにしてください、と言われた。そしてドクターは舅が口の中が真っ白になるほどできた口内炎や、時々出てはすぐ下がる熱のために、塗り薬や座薬をきちんと処方してくださった。

私はいつもはひどくケチで、高価なチョコレートなど、家庭用には買って来たことがなかった。自分の歯が丈夫なことをいいことに、ばりばり噛みくだくような安いチョコレートしか買わない。しかし舅の口に入れるには、すぐ融ける高級チョコレートが便利であった。チョコレートというものは、固体と液体の中間という数少ない食物の一つで、しかもカロリーが高い。もともと甘いもの好きな舅だから、口に入れてあっという間に融ければ、それが自然に胃袋に収まってしまう。

しかし私の中には、ほんの一パーセントくらいだが、あの時、入院させて点滴でカロリーを補っていたら……という思いがないではなかった。しかしそれが、先日、聖路加看護大学の日野原重明学長の講話を伺って、心が軽くなった。

先生の医学的なお話を今ここで正確に再現できるとはとうてい思えない。不正確な点はすべて私の責任であるが、日野原先生のお話の要旨は、素人流に言うと次のようなことなのである。

人間の病気の中には、数日、数週間を乗りきれば、回復に向かうものもある。そういう場合にはあらゆる治療を借しんではならない。しかし、高齢者の病気のような場合、弱っているなりに、一種の調和をとるような働きが自然になされている。だから、非常に少ないカロリーと水分でも何とか生きるように体が体勢を整えているのだという。それを点滴などで、不必要なほどのカロリーと水分を入れると、そのためにひどく苦しむようになる。

先生はまた、病人から言葉を奪ってしまうような気管切開もいけない、と言われた。それくらいなら、昔風の酸素テントがいい。一言でも話すという大切な行為は、死に赴く人にとって、最後の人間的な表現の方法だからだろう。

『昼寝するお化け』小学館

死を考えないと生の意味もわからない

人間の生涯はいつか必ず終りになるのだが……そう簡単に言い切れるのは、私に信仰心が極めて稀薄だからだ。

キリスト教の世界では人間の魂の存在は永遠のもののようである。その間中、「魂の素行」を神にはいつも見られている。「おしまい」になるどころか永遠に続くらしい。

まあいいや、と私は納得することにした。そうするうちに私は百年近くも我が魂とつきあうことになる。豪胆なようで実は変に小心だとか、「人間の心理についてはいつも細かく観察しています」などと言いながら、始終、人に迷惑をかけて平気だなどということを、神はとっくにご存じだから、今さら外面を取り繕うこともない。

小心な人間は、何でもおしまいから計算すればいいのである。年寄りは、定年時に二千万円の手持ちの金があれば何とか暮らせるというような記事がいつか新聞に出ただけで、ちょっとした騒ぎになった。

定年後に月給がなくなった時、二千万円の預貯金を確保している人が果たしてどれだけいるか、皆真剣に考えたのだろう。しかしそういうことが問題になる頃には、その人の寿命もそれほど長く残っていない。

人間が必ず死ぬようになっているのは、実にすばらしい「制度」だ。これで二百歳も三百歳も生きることになったら、お金も要るし、第一老人当人も生きることに疲れてしまうだろう。

人間の世界で起きることは、すべて意味があるし、すべてほどほどで、いつか終るのがいいのである。

ごちそうだってそうだ、量だってほどほどがいい。死ぬほど食べたら、ごちそうもごちそうと思えなくなる。

そう考えてみると、この世の制度、存在のすべてに、必ず終りがあることほど、よくできた話はない。その恩恵のもとに、私たちは自分の生涯を予測し、計算を立てているのだが、その現実をしばしば忘れがちである。

ゲームをする時には、初めにルールを教わるのだが、人生ゲームの第一ルールは、「終りがある」ということだ。これほど偉大で人間の心の救済にも配慮されたルールはないのに、死ぬことを恐れ、死のことなど普段ほとんど考えないという人がほとんどである。
私もまた、あまり「哲学をしない」人間の一人だろうとは思うが、死を考えないと生の意味もわからない。それもまたあまりにもったいないことだから、時々哲学の本を読むようになったのは、高校時代だった。

『オール讀物』文藝春秋 2019年12月号

死は実にいい解決法

今でも、死は実にいい解決方法だと思う場合がある。自殺はいけない。人殺しもいけない。しかし自然の死は、常に、一種の解放だという機能を持つ。痛みや苦痛からの解放だという場合もあるし、責任や負担からの解放である場合もある。周囲の人に、困惑の種を残して行くという点で無責任だという場合はあるが、死ぬ側にとっては、自然に命を終えれば、死は確実な救いである。

こうした死の機能を、私たちは忘れてはならないと思う。

どんなに辛い状況にも限度がある。つまりその人に自然死が訪れるまでである。期限のある苦悩には人は原則として耐えられるものだ。だから私たちは、自分の死を死に易くするためにも、もし今苦しいことがあったら、それをしっかりと記憶し、死に臨んでそれらのものから解放されることを深く感謝すればいいのである。

『人生の第四楽章としての死』徳間書店

人は生まれるのも死ぬのもひとり

人は日常の中で、ただ死んでいくという感覚です。

こういうことを言うと、そそっかしい人からはすぐに冷たい人だなどと捉えられて、いささか困るのですが、そういうことではない。

生まれるのも死ぬのも、ひとりです。

カトリックの世界には「God's will」という言葉が常にあって――つまり神様の思《おぼ》し召しということね――、神様に思し召しなんかされても困るという人もいますけれど、私は「God's will」だと思うことにしています。私は、こうしたいとかああなりたいとかを神様に登録するんですよ。それを聞き入れてくださることもあれば、聞き入れてくださらないこともある。そういう感じでしょうか。

8割ぐらいは運命に流されて、2割ぐらいを自分で舵《かじ》をとって、というのがいいんじゃないかと思います。私は2割くらいは自分で舵をとりたいから。

『死という最後の未来』幻冬舎

なぜ人は、「さみしさ」を味わうのか

一人の人間が、生の盛りを味わう幸福な時には、死は永遠のかなたにあるように見える。しかしその同じ人が、必ず生涯の深い黄昏に入って行く時期があるのだ。

それでこそ、多分人生は完熟し、完成し、完結するのだ。だから人は、「さみしさ」を味わわなくてはならないのだ。私はもうその経過をいやと言うほど多く見て来た。

私は人と比べると、ややいびつな子供時代を過ごし、その結果、性格もかなりひん曲がったのだ、と自分で思っているが、それはそれで一つの人生なのである。どんな人生の生き方も比べられない。

比べることに意味がない。どれも「それでよかった」のだから。

私は子供の時からいつも死を思い、どのように辛さに耐えて、自分が好きだった人たちと別れるかを、繰り返し心の中で反復練習する癖があった。

しかしこんな練習はいざという時全く役に立たないだろう、と自分をあざ笑うような気持ちも同時に持っていた。

『人間の愚かさについて』新潮社

心配することはない

正確に記録していたわけではないけれど、六月は本当に雨が降らなかった。梅雨時は好きではないが、私は年取って畑造りの真似ごとを始め、農業を理解するようになってからは、雨が降らないと毎日心配している。日本も、と言うか、地球全体が乾くほうに傾いているような気がする。私の眼に残っている世界の災害のマスコミの写真は、なぜか洪水で水に浸かった村の光景ばかりなのだが……。

私が今までに旅行した外国の強烈な記憶は、中近東かアフリカばかりで、それらはすべて乾き切っていて、私が育った日本の光景とあまりにも違っていた。日本の景色は、やはり苔《こけ》の間から滴る岩清水とか、しっとりと湿った杉林とか、秋になれば欅《けやき》の落葉が人の足音に埋まるほど落ちて、風の音さえもその中に吸い込まれていくような日本なのである。

それでも六月はやはりしっとりしたいい月だったのか、私は毎日何もしていないのに疲れ果てて、来る日も来る日も寝ていたこの冬の生活から少し脱した。必ず台所におりて来て、余計なことをしている。

余った野菜でスープを作ったり、自分の好きな味で地魚を煮つけたり、ちょっと出かけたり、どなたかとお会いするような日が増えて来たのである。

誰かが言っていた。心配することはない。ものごとはすべて変化する。ひどい痛みはいつかよくなるか、死んで終わるかする。

親子関係の難しさも、両方が年を重ねて来ると、必ず不思議な解決が見えて来る。多くの場合、両者の関係が消えてなくなるのだが、状況は必ず変わるのだ。

『新潮45』新潮社

【出典著作一覧】

書籍

『老いの才覚』ベストセラーズ
『夫の後始末』講談社
『三秒の感謝』海竜社
『死学のすすめ』ワニブックス
『自分流のすすめ』中央公論新社
『人生の原則』河出書房新社
『人生の第四楽章としての死』徳間書店
『人生の退き際』小学館
『酔狂に生きる』河出書房新社
『すぐばれるようなやり方で変節してしまう人々』小学館
『絶望からの出発』講談社
『曽野綾子の本音で語る人生相談』大和書房
『続 夫の後始末』講談社
『中年以後』光文社
『納得して死ぬという人間の務めについて』ＫＡＤＯＫＡＷＡ
『人間にとって病いとは何か』幻冬舎
『人間の愚かさについて』新潮社
『晩年の美学を求めて』朝日新聞出版
『人は皆、土に還る』祥伝社
『昼寝するお化け』小学館
『緑の指』ＰＨＰ研究所

『老境の美徳』小学館
『老年を面白く生きる』海竜社
『私日記8 人生はすべてを使いきる』海竜社
『私日記9 歩くことが生きること』海竜社
『私日記11 いいも悪いも、すべて自分のせい』海竜社

共編著

『死という最後の未来』幻冬舎

雑誌

『WiLL』ワック 2011年1月号
『WiLL』ワック 2015年9月号
『WiLL』ワック 2018年4月号
『WiLL』ワック 2018年10月号
『WiLL』ワック 2019年1月号
『Voice』PHP研究所 2006年10月号
『Voice』PHP研究所 2015年1月号
『Voice』PHP研究所 2015年4月号
『Voice』PHP研究所 2015年10月号
『Voice』PHP研究所 2016年8月号
『Voice』PHP研究所 2016年11月号
『Voice』PHP研究所 2017年3月号
『Voice』PHP研究所 2017年5月号
『Voice』PHP研究所 2017年12月号

『Ｖｏｉｃｅ』ＰＨＰ研究所　２０１８年２月号
『Ｖｏｉｃｅ』ＰＨＰ研究所　２０１８年12月号
『Ｖｏｉｃｅ』ＰＨＰ研究所　２０１９年４月号
『Ｖｏｉｃｅ』ＰＨＰ研究所　２０１９年９月号
『Ｖｏｉｃｅ』ＰＨＰ研究所　２０１９年12月号
『波』新潮社　２０１９年２月号
『波』新潮社　２０１９年５月号
『波』新潮社　２０１９年10月号
『新潮45』新潮社　２０１４年11月号
『新潮45』新潮社　２０１４年12月号
『新潮45』新潮社　２０１６年２月号
『新潮45』新潮社　２０１６年４月号
『新潮45』新潮社　２０１８年７月号
『婦人公論』中央公論新社　２０１８年９月11日号
『婦人公論』中央公論新社　２０２０年10月13日号
『一冊の本』朝日新聞出版　２００４年７月号
『一冊の本』朝日新聞出版　２００４年11月号
『オール讀物』文藝春秋　２０１９年12月号
『家庭画報』世界文化社　２０２１年１月号
『週刊新潮』新潮社　２０２０年９月17日号
『ゆうゆう』主婦の友社　２０２１年５月号増刊

九十歳《きゅうじゅっさい》
わたしの暮《く》らしかた

2021年10月15日　初版第1刷発行
2021年11月25日　第3刷発行

著　者　曽野綾子《そのあやこ》

発行者　笹田大治
発行所　株式会社興陽館
〒113-0024
東京都文京区西片1-17-8 KSビル
TEL 03-5840-7820
FAX 03-5840-7954
URL https://www.koyokan.co.jp

装　丁　長坂勇司（nagasaka design）
校　正　新名哲明
編集補助　久木田理奈子＋伊藤桂＋飯島和歌子
編集協力　稲垣園子
編集人　本田道生
印　刷　惠友印刷株式会社
DTP　有限会社天龍社
製　本　ナショナル製本協同組合

ISBN978-4-87723-281-8 C0095